U0927443

江南无所有，聊赠一枝春

千山鸟飞绝，万径人踪灭

谁道芙蓉水中种，青铜镜里一枝开

南朝四百八十寺，多少楼台烟雨中

落花人独立，微雨燕双飞

砌下落梅如雪乱，拂了一身还满

松下问童子，言师采药去

人生在世不称意，
明朝散发弄扁舟

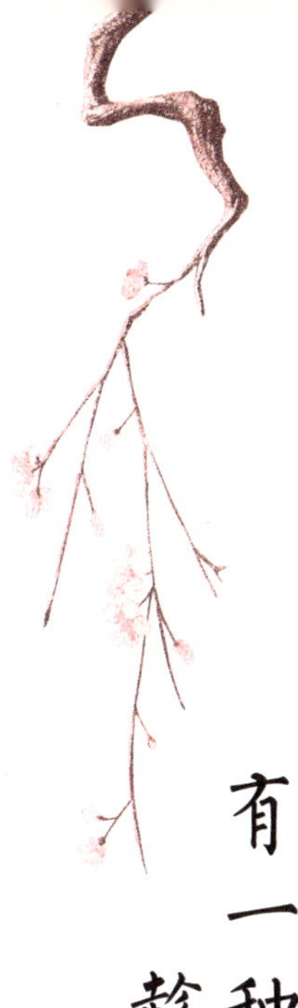

有一种风雅
趁年华

白落梅

作品

CNS PUBLISHING & MEDIA
湖南文艺出版社
HUNAN LITERATURE AND ART PUBLISHING HOUSE
博集天卷
CS-BOOKY

图书在版编目（CIP）数据

有一种风雅 趁年华 / 白落梅著 . —长沙：湖南文艺出版社，2018.12
ISBN 978-7-5404-8885-7

Ⅰ . ①有… Ⅱ . ①白… Ⅲ . ①散文集—中国—当代
Ⅳ . ① I267

中国版本图书馆 CIP 数据核字（2018）第 243512 号

上架建议：畅销书 · 文学

YOU YI ZHONG FENGYA　CHEN NIANHUA
有一种风雅　趁年华

作　　者：白落梅
出 版 人：曾赛丰
责任编辑：薛　健　刘诗哲
监　　制：于向勇　秦　青
策划编辑：刘　毅
文字编辑：张　伟
营销编辑：刘晓晨　刘　迪　初　晨
封面设计：@ 设计装帧粉粉猫
版式设计：李　洁
封面插画：傲雪红梅
内文插画：橥　兮
出版发行：湖南文艺出版社
（长沙市雨花区东二环一段 508 号　邮编：410014）
网　　址：www.hnwy.net
印　　刷：北京天宇万达印刷有限公司
经　　销：新华书店
开　　本：875mm × 1270mm　1/32
字　　数：145 千字
印　　张：7.5
版　　次：2018 年 12 月第 1 版
印　　次：2018 年 12 月第 1 次印刷
书　　号：ISBN 978-7-5404-8885-7
定　　价：39.80 元

若有质量问题，请致电质量监督电话：010-59096394
团购电话：010-59320018

有一种风雅　趁年华

我不爱世外仙源，只爱烟火红尘。我不要浮名虚利，只要诗酒琴茶。

万物生灭，起于自然，红尘往来，莫问因由。凡是风景，自有灵性，和人相亲，又与光阴擦肩。但凡古物，自有气质和风韵，被岁月珍藏，不曾遗忘。

静坐之时，想起曾经走过的红尘，有过的片段，看过的风景，心生温柔，亦落寞。一切已然走远，不复重来。时间还在，我们或是陌路，或仍执手，但终成过往。

秋的山径，路遇茶花，若唐诗端然，似宋词清丽，又如元曲流转。此刻，内心的雅致，足以抵挡外界的苍茫。连这风中薄薄的凉意，竟也是季节的恩赐，流露出时光的柔软与慈悲。

山水草木、清茶淡酒、亭台楼阁、金玉珠石，皆有风情底蕴，有着难以言说的妙意和机缘。奈何，再美的物事，亦需要有心人去赏之，惜之。否则，只是一种简单的存在，千年若一日。

世上繁华，让人赏心悦目，爱不释手，却渺若微尘，不得久长。可这浩浩一生，终究要有所求，或营营功贵，或瓶梅清风。趁年华，折几枝山花，品几盏诗酒，填几阕小令，诉几段衷肠，如此，不负锦绣如织的人间。

而后，再结庐深山，筑茅斋，修茶室，养性情，等候归人，收留倦客。那里，有溪云松涛，无人往车喧；有杜若幽兰，无凡花俗草。那里，风闲岁静，日长如年，光阴覆盖了苔藓，世事落满了尘埃。

杨绛先生说："世态人情，比明月清风更饶有滋味；可作书读，可当戏看。"人生便是一册书，可繁可简，时间久了，皆意味深长。亦如一出戏，起承转合，生死悲喜，到底随缘。

疏梅翠竹，佛卷儒风，从《诗经》《楚辞》的年代，便有了清趣。庭院琐窗，石桥小巷，在汉唐风烟里，则有了故事。一方古陶，一件青瓷，一枚老玉，记得每个朝代的更迭变迁，却不记得谁曾来过，谁又转身离开。

感恩光阴所有的相赠，让老去的年华，一如既往地朴素情深。亦感恩陪我走过山长水远的你，愿余生，我们随喜自在。

都说命运早已安排，不必费心弄巧，万事终有结果。这人间，自当柔情以待，与之执手言欢。

往后的岁月，择山水而居，天高云淡，物静心安。或侍花弄草，或酿酒煎茶，或读书听戏。又或什么也不做，只守一树梅花，候一窗风雪。

当下，秋光如禅，来日方长。

白落梅

戊戌年　落梅山庄

序言

今日夏至，我心清凉。人生匆匆三十载，一朵雨荷的初颜，抵不过易老的时光。这些年，我如一株草木，无论悲欢，总宠辱不惊地活着。不美丽，不高贵，却简约、宁静。

人生如寄，缥缈若尘。再浓郁的世味，有一天亦会淡如白水。曾经千恩万宠过的人事，终会道别，与你执手相待的，唯有明月清风，白云溪水。

最耐人寻味的，依然是那些老去的古物。一卷书、一张琴、一轴画、一朵青花、一方古玉、一支银簪。久远的历史，漫长的光阴，你不曾与它们同过生死，有过誓言，但相逢亦只需刹那。

每个人心中，都藏着一段忧伤如水的情感，系着一段不可遗忘的缘分，只是时间久了，有些模糊不清。寂静之时，洗尽尘埃，抚去沧桑，又重遇了当年风景，旧时心情。漫漫风烟，于山河岁月间，就这么淡去，留下安静的旧物，深情如昨。

我们只有凭借一些旧物，去开启昨天的门扉，寻觅封存已久的故事。它们亦曾有过美好的年华，在属于自己的朝代里，过尽了芳菲。后来被时光辜负，荒了心情，输给新宠。可依旧那样一厢情愿地存在，始信有一天可以重回舞台，做当初的主角。

万物通了性灵，便生出情感。我终是有幸，与它们结缘，并相约于文字，诉说一段前世今生。它本无心，姿态安然，不避红尘，无意聚散。这般从容，惊艳了我，于是珍爱着每一个生命，愿为无声的诺言，守候天荒。

世间所有安排，皆有前因。这本书是我多年的心愿，如今亦算是了却心中情结。其实只是用简洁的文字，打理往昔深沉的年岁。千古繁华，不过是历史长廊转角处的一道薄风，而我却在水墨里，寻到了一段唐诗宋词的典雅生活。

如若可以，愿你枕书入梦，轻易躲过尘世纷繁，行遍塞北江南，和一件旧物、一帘风景相依。万物之情深，胜过了所有空盟虚誓，纵然风云换主，它亦不会离弃，共你白头。

这时间，小窗日落，疏柳淡月。你我洗却铅华，煮上一壶月光，几两荷风，说说老去的故事。任它流水四季，来往如梭。红尘一梦，饮尽千年。

目录

第一卷 一寸光阴一壶酒

第二卷 一纸诗书一年华

第三卷 一剪梅花一溪月

目录

第四卷 一方古物一风雅

第五卷 一曲云水一闲茶

第六卷 一树菩提一烟霞

第一卷

一寸光阴一壶酒

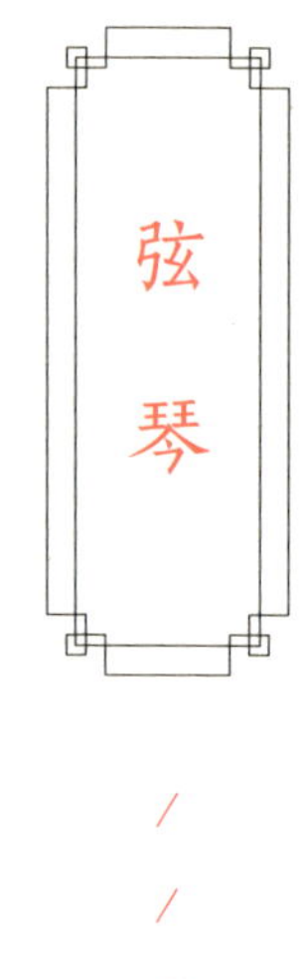

弦琴

那张琴，置于琴台上，被光阴疏离了多年。岁月没有带给它太多的风尘，静处时，有种遗落的冷艳和端雅。琴通性灵，含气质，有品德，知晓前世今生，故识得真正的主人。我与琴，并无过深的情感，却能认定，与之有过一段宿缘。

也曾想过，有那么一座宅院，古老深沉，瘦减繁华。简洁的书屋，一炉香，一张琴，一桌棋。轩窗外，几树梅柳，一地月光。想来，令人心动的，该是有一个懂弦音、识雅乐的知己。有一天，我会老去，而琴，也定然可以觅得它新的主人，拥有新的故事。

琴为天地之音，宁静悠然，旷远深长，缥缈多情。宋代《琴史》中说："昔圣人之作琴也，天地万物之声皆在乎其中矣。"琴与万物相通，高山流水、万壑松风、波光云影、鸟语虫鸣皆蕴含其间，寄于弦上。

抚琴者，将万千心事揉入弦中，在弦音中平和泰然，体会到至极之静。听琴者，在清宁洁净的琴音中洗澈心灵，恍若天乐。岳飞有词云："欲将心事付瑶琴。知音少，弦断有谁听？"仿佛抚琴之人，今生必定有一个知音，不然，纵是奏出天籁之音，亦有无法言说的缺失和遗憾。万物有情，皆可认作知己，只看你是否愿意交付真心。

在遥远的春秋时代，有一段"高山流水"觅知音的故事，被传为佳话美谈。琴师伯牙奉晋王之命出使楚国，中秋之日，他乘船来到汉阳江口，泊船歇息。是夜，风浪平息，云开月出，他抚琴独奏。打柴晚归的樵夫钟子期，被其琴声吸引，不忍离去。子期听懂了伯牙琴声里高山之气势、流水之柔情，二人结为知己。

月圆之时，彼此把酒言欢，约定来年中秋之日，江口重逢。次年，伯牙在江口抚琴等候知音，却不见子期赴约。后得知子期不幸染病去世，并有遗言，须将坟墓修在江边，只为再闻伯牙琴声。伯牙万分悲痛，行至子期坟前，抚琴一曲。之后，挑断琴弦，摔碎瑶琴。知音逝，琴已无人听。他的世界，从此安静。

古琴，以其悠久的历史，目睹了世间兴衰荣辱，爱恨离愁。《诗经》里有曰："窈窕淑女，琴瑟友之。"司马相如一曲《凤求凰》，令卓文君与之夤夜私奔，写下"愿得一心人，白头不相离"的爱情诗句。晋时嵇康作《琴赋》曰："众器之中，琴德最优。"他临刑前，从容不迫地弹奏一曲《广陵散》，至今为千古绝响。

诸葛亮巧设空城计，以沉着悠闲的琴音，智退司马懿雄兵十万。晋陶渊明有诗云："但识琴中趣，何劳弦上声。"他归隐南山，采菊东篱，每日饮酒赋诗。这位山中隐者，世外高人，知晓琴中雅趣，将一张无弦琴弹到无我之境，乃至草木为之低眉，万物为之垂首。

"琴，禁也。神农所作。洞越。练朱五弦，周加二弦。象形。"琴，有着清、和、淡、雅的品格，历来是文人墨客修养性情不可缺少的乐器。同样一首曲子，因抚琴者的修养、心性不同，而弹出不一样的意境与妙处。时而飘逸似明月清风，时而清越如玉泉倾泻，时而激烈犹万马奔腾，时而明净若秋水长天。

无论是喧闹的琴、寂寞的琴，愉悦的琴、悲戚的琴，流动的琴、静止的琴，最终都将升华至一种天人相和的意境。过往的恩怨，人世的冷暖，皆付诸琴弦之上。而素养高超的抚琴者，则能超然于弦外之音，达到无悲无喜、物我相忘的境界。

明屠隆论琴曰：“琴为书室中雅乐，不可一日不对。”琴是一种不可闲置的乐器，所以无论是否有听客、有知音，抚琴之人，都应该与清音朝暮相对。否则，时间久了，那些原本熟悉的片段、美丽的章节，会被岁月模糊，寻不见从前的光影。

唐代诗人刘长卿曾经发出“泠泠七弦上，静听松风寒。古调虽自爱，今人多不弹”的感慨之声。这位孤高自赏的诗人，亦觉世少知音，但仍寄情于古调，以慰寂寥。

王维则写下“独坐幽篁里，弹琴复长啸。深林人不知，明月来相照”的诗句。他仿佛在告诉世人，他的琴，从来都不寂寞。纵然未曾有过知己，还有幽篁和明月，可以听懂弦音，诉说心语。

白居易诗云：“入耳澹无味，惬心潜有情。自弄还自罢，亦不要人听。”是琴，让他们从茫然世海里，找到真实的自己，学会与这世界平和相处。琴，可以远离流俗，磨砺心性，滋养情感。当我们在红尘中仓促奔走，无处安身时，相信还有一尾琴，愿和你相交，重新开始一段缘分。

《红楼梦》中，曹雪芹将七弦琴托付给了林黛玉。一直以为，十二钗里最适合抚琴的莫过于妙玉和黛玉。带发修行的妙玉，在庙堂的虚静中，可以将琴弹至空无之境。但曹雪芹却给了她棋，把琴留给了潇湘妃子林黛玉，妙玉做了那个听琴解语的知音。林黛玉将幽情愁绪、春雨秋风，都融入琴魂诗魄中。她的琴，不仅感动自己，更感动了那一园的草木。

古琴造型优美，典雅清丽。抚琴之人，自有一种不可名状的风雅与美丽。他们来自不同流派，演奏不同风格，只为将万千情怀，调入冰弦，言说心事。这般知交，有如赶赴一场久别的约会，有如岁月平淡的相守。

唐代薛易简在《琴诀》中讲："琴之为乐，可以观风教，可以摄心魄，可以辨喜怒，可以悦情思，可以静神虑，可以壮胆勇，可以绝尘俗，可以格鬼神，此琴之善者也。"

是几时，我做了那个焚琴煮鹤之人，让人生风景匆匆擦肩？也曾风雅无边，竟不知何时心意阑珊。如此尘埃落定，不是为了忘记谁，亦不是为了记住谁。只是心中那根弦，被岁月风蚀，早已弹不出清澈曼妙之音。也许放下我执，那琴，那弦，可以回归昨日的安静和悠远。

光阴，到底是什么？它似琴弦，时而锋芒如利剑，时而温柔若流水。也许我们该做那个淡然的抚琴人，不分季节，不问悲欢，于渺渺山河中，弹奏几曲古调，修养心性，净化灵魂。

始终认定，我不是琴的主人。并非相逢太早，亦非缘分太浅。人生最好的时刻，就那么多，相处过，便足矣。你听，那弦音，分明含蓄多情，而我，心平如镜。

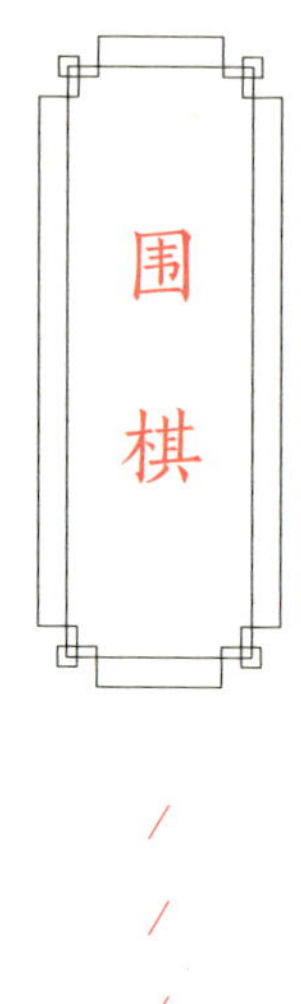

围棋

他们说，人生如棋局，因为落子无悔，所以步步惊心。有人落子如飞，有人举棋不定，只为了一个结局。胜者，坐拥江山，人间万物俯首称臣。败者，归去做个隐者，闲钓明月清风，怡然自得。

岁月如棋盘，光阴是棋子，棋子越下越少，日子越过越薄。明日如空山烟雨，不可预知，最终的结果，要涉过千江水月，方能抵达。我们只是一个寂寞的棋手，以为守住棋子，就可以看清人间黑白，能够握住世事命运。却不知，山高水长，走过的每一条路，都叫不归。

每一颗棋子，都要倍加珍惜；每走一步，都要费心思量。看似姹紫嫣红，莺飞草长，也许刹那就风云变幻，天地换颜。看似山穷水尽，断垣残壁，也许瞬间便峰回路转，柳暗花明。面对抉择，当从容以待，有时一粒微小的棋子，可以改变整座江山。

人生很窄，得失只在方寸之间；人生很宽，成败犹在千里之外。下棋需修炼心性、端正品格，胸有丘壑，则无惧输赢。人生路上，会邂逅许多不同的人。有些人，注定只能陪你看一段风景，便杳无音讯。真正可以随你走到最后，不离不弃的，寥寥无几。

在古时，琴棋书画不仅是文人墨客的雅兴，也深受王侯将相、乡野村夫甚至闺中绣户的喜爱。琴棋书画可以滋养一个人的才华和修养，亦可以给平淡无味的生活，增添乐趣与风雅。打理完繁忙的世事，静下来，约一知己，对饮一壶闲茶，下几盘棋，流光过处，不惊不扰。

围棋，起源于中国，古代称为弈。《世本》所言，围棋为尧所造。晋代张华在《博物志》中说：“舜以子商均愚，故作围棋以教之。”围棋历史悠久，如一缕浩荡明净的长风，盛行于世人清淡的生活中。

从遥远的黄帝时期，历经夏商周、春秋战国、秦汉三国、魏晋南北朝、唐宋元明清历朝历代。也曾有过起落，却一直以一种清雅闲逸的姿态，融入寻常日子，陶冶性情，与人同悲同喜。

小小棋盘，可以看见人间百相，纷纭世态。帝王在棋盘里，看到天下山河；军事家在棋盘里，看到金戈铁马；诗客在棋盘里，看到锦词丽句；樵夫在棋盘里，看到草木山石；农妇在棋盘里，看到柴米油盐。狭小天地，一黑一白，暗藏人生玄机。所有谜题，只有走到最后，方能解开。

曾经林泉听琴、松间对弈的人，被印在书中，挂在画里。古人下棋，择风清云朗之日，或碧波泛舟，或溪涧对饮，或轩窗看月，或廊檐听雪。所谓“人事三杯酒，流年一局棋”。棋是知己，无须言语，便可以道尽衷肠，消磨岁月。有怀才不遇者，在棋中寻到慰藉；有走失迷途的人，在棋里找到自己。

有关围棋的典故和传说，多不胜数。最得人钟爱的，为烂柯。晋朝时有一个叫王质的人，一日他到信安郡的石室山去打柴。遇见几位童子在松下对弈，妙趣天然。他驻足观看，醉于棋局中，已忘春秋。过了一会儿，童子问：“你为何还不离去？”王质起身拾斧，看见木头的斧柄已完全腐烂，顿觉惊奇。待他回到村庄，已是人物全非。

山中一日转瞬过，世上繁华已千年。一局棋，足以改变乾坤岁月。更有橘中棋仙的故事，说的是几位得道高人，坐隐在一户农家的橘子里下棋。后农人掰开橘子，露了仙机，四老觉得雅地被毁，其缘已尽，便随风飘然远去。

王积薪仙师授艺，谢安下棋定军心，李世民一子定乾坤，太多的故事，给原本单调清乏的黑白棋子，漂染了神秘色彩和无尽的韵味。尽管棋局中暗藏了陷阱与杀机，有过猜忌和迟疑、焦虑和惆怅，但是非成败，转头即空，他们为的只是在对弈中获得乐趣。放下执念，平定心神，每一步都可以海阔天空。

白居易在诗中吟："山僧对棋坐，局上竹阴清。映竹无人见，时闻下子声。"这位才华横溢的诗人，一生多情，倜傥风流。年轻时爱与歌伎风花雪月，吟诗作赋。晚年常与诗友、山僧一同饮酒下棋，参禅悟道。尽管围棋不是他生命里的主题，却是他雅逸人生中不可缺少的风景。听罢丝竹之音，宴过佳肴美酒，那山寺庭院，幽篁阵里，还有一盘散淡的棋，等他下完。

宋时政治家、文学家王安石的棋看似随意淡泊，漫不经心，却透露出他的桀骜与自负。“莫将戏事扰真情，且可随缘道我赢。战罢两奁收黑白，一枰何处有亏成？”他认为围棋是一种游戏和消遣，要适性忘虑，不可苦思劳神。

王安石之所以超脱胜负，是因为棋中岁月，令他逍遥闲适。这里的黑白争夺，比起朝政上的钩心斗角，太微不足道。也许王安石对待围棋的态度不够真诚，但他宽阔的胸襟，足以超越这尺寸之间。

垂柳下，荷塘边，楸枰落子意清闲。玄机悟透低眉笑，细雨微风妒手谈。这是一种轻灵的棋趣，投入其间，妙不可言。“黄梅时节家家雨，青草池塘处处蛙。有约不来过夜半，闲敲棋子落灯花。”这是一种恬淡的意境，赋闲之时，令人神往。

都说写诗填词，作曲弹琴，要抵达一种超然忘我的境界，方可脱俗。下棋亦是如此，把一盘棋下到行云流水，再无意输赢。漫漫人生，不知要历尽多少沧桑风雨，疲倦之时，莫如邀约好友，在棋中寻觅清趣，偷来浮生一日闲。

棋的世界，不分贵贱，不论贫富，不计年岁。金庸小说《天龙八部》中，逍遥派掌门无崖子，布了一盘珍珑棋局，为的是寻找一个天资聪颖、英俊潇洒的弟子。然几十年来，各路棋中高手，用尽奇思妙想，都无法破解。唯独不懂棋的虚竹，乱投一子，瞬间破了棋局。珍珑棋局原本不重要，它的存在，只是为了牵引虚竹与无崖子的缘分，为了他们今世短暂深刻的相逢。

《红楼梦》里妙玉爱棋，常去栊翠庵与她下棋说禅的，是不解诗词的惜春。而惜春的判词，恰是“可怜绣户侯门女，独卧青灯古佛旁”。在春满画楼的大观园，只有她们与佛结缘。妙玉心明如镜，她知林黛玉和薛宝钗是园中最为脱俗的女子，她用梅花上的雪煮茶，供她们品尝。因为清高，她与黛、钗，始终若即若离。但和惜春，一局棋，便知前因果报。

棋不会主宰一个人的命运，只会让人在落子的过程中，一步步打开心中那片狭小的天地，看到烂漫山河，蓝天碧水。走过的岁月，无法重来，如同下过的棋局，不可复制。但山高水远，终有一日会相见，那时候，且在熟悉的棋盘上，找到久别多年的音容。

你看，人已散，那盘棋还未终了。

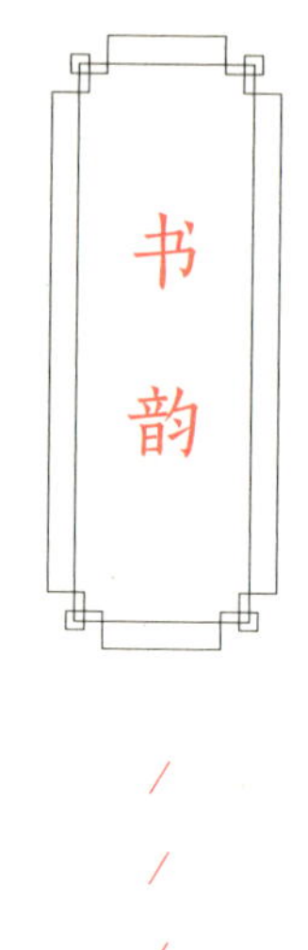

书韵

这是一段漫长的文化旅程，经历了无数岁月问询，光阴沉淀，那淡雅的墨香，依旧萦绕着梦里情怀。流淌千年的水墨，如生生不息的魂魄，不曾有过干涸与停歇。白云溪水，竹月荷风，于翰墨无边的江湖里，谁是那渡河的石子，谁又是那靠岸的舟？

那些与笔做伴的人，一生被墨水浸染，有的被湮没在漫漫星河，不知名姓；有的被烙刻在茫茫史册，书里相逢。回首书法千年历程，一场浩荡喧闹的风云聚会，不知在何时开演，亦不知几时结束。

从甲骨文、金文演变为大篆、小篆、隶书，再有了魏晋的草书、楷书、行书。那些随意泼洒的墨迹，以其不同的风骨，印在往来过客的心底，古朴陈旧，却不褪色。这是时光美丽的赠予，没有谁，轻易忍心辜负。

象形文字，甲骨文，商周、春秋以及汉代的简帛朱墨手迹，唐楷的法度，宋人尚意，元明尚态，清代的碑帖之争。不同年代的书法家，用水墨来抒写其朝代的文化和自身的气度。他们在成熟中随性转变，在墨海里挥洒自如。

有人说，汉字书法是无言的诗，无行的舞，无图的画，无声的乐。的确，书法的艺术魅力，带着不可言说的妙处和韵味。一幅好字，无论是何种形体，一旦相逢，如见山水，如沐风月，如遇知音。好的书法，无关商周春秋，无关秦汉魏晋，无关唐宋明清。只是恰好的时候，恰好的心情，方有了那神来之笔，写下千秋之作。

一切际遇，皆因缘起。多少文人雅士，自成一体，在水墨世界里徜徉，但能够留名于世的，寥若晨星。更多落魄书生，为五斗米折腰，卖字为生。千里马，还需遇伯乐，并非所有的天才都被重视，不是所有的情怀都被珍惜。

有些字，看似简单无奇，却蕴藏内敛的灵魂。有些字，看似华丽深刻，品后却索然无味。可真正懂得的，又有几人？写字需练心养性，所谓十年磨一剑，不只是每日勤学苦习，更需要心的参悟。将字赋予了文化品格，再融入山水，即可自然天成，不修雕饰。

年幼时也曾习字，相信有一日，可以将自己的笔墨挂于室内，装点人生。光阴匆匆，许多愿想都已荒废，岁月给了许多沧桑，唯独墨香依旧青涩，不能如意。从古至今，流传于世的墨宝纷繁万千，能够动人心肠，如净月秋水的，又有多少？

王羲之的《兰亭集序》，可谓沧海明珠，故此得以名扬天下，傲视群雄。王羲之，世称书圣，字逸少，号澹斋，原籍琅琊，后迁居山阴，为今时浙江绍兴。他的一卷《兰亭集序》，令绍兴成为书法圣地，也将他的名字刻在书法圣堂，遥不可追。

清雅的水墨，落在宣纸上，汇聚成一条美丽芬芳的兰溪。在魏晋的兰亭，有过一场旷世难寻的风云集会。魏晋风流名士在惠风和畅之日，坐临山水，饮酒赋诗，感怀人世之无常，岁序之徙转。这一幅旷达明净的画卷，被王羲之以行云流水的笔风写下。历代书家推崇《兰亭集序》为天下第一行书。

王羲之的行草若清风出袖，明月入怀。世人曾用曹植《洛神赋》中的名句，来赞誉他的书法："翩若惊鸿，婉若游龙，荣曜秋菊，华茂春松。仿佛兮若轻云之蔽月，飘飖兮若流风之回雪。"可见他的字，是何等婉转秀丽，神韵天然。一册《兰亭集序》，如遇花开，明心见性。

后来，这世上有了许多洗砚池。但真正为书圣洗过笔的那口池塘，已被沧海桑田的岁月给填满，了无痕迹。再后来，有了"颜筋柳骨"，即颜真卿和柳公权。他们的楷书，主宰了盛唐繁华的星空。颜真卿书法筋力丰满，气派雍容端正；柳公权书法骨力遒劲，潇洒逼人。

他们将学识修养、人生阅历、佛风道骨，凝聚于笔端，令其书艺风姿摇曳，仪态万千。颜真卿书碑足以环立成林，柳公权亦如是。但颜书一生变幻万端，柳书在字体成熟后则多同少异。故有人说，颜书像奔腾飞跃的瀑布洪流，柳书则似流于深山老林的涧水。他们以书法表达不同的生命情调，各显风华。

颠张醉素，说的则是洒脱不羁、风流旷达的张旭，还有性情疏放、不拘世俗的怀素。此二人，饮酒以养性，草书亦畅志。每当痛饮之后，便执笔蘸墨狂书，似落花飞舞，如飞云万状，若流水千行。那种奔放自如、不着痕迹的狂草，纵是对书法全然不解的人，亦可入境，为之感动不已。

张旭是一个纯净的书法艺术家，他将所有的情感都倾注于笔墨，如痴如醉。怀素更是一个狂僧，他因无钱买纸，便在山寺荒地种万株芭蕉，每日取蕉叶临风挥洒，旁若无人。他的住处，是一片蕉林，被称为绿天庵。他写坏的笔，葬于荒院，名为笔冢。

宋朝书法尚意，最为出色的“北宋四大家”为蔡襄、苏东坡、黄庭坚和米芾。他们在字里行间，力图展现自身的才华个性，亦追求一种超脱于古人的清新姿态。将宋时风雅气度、书香词韵，凝聚其间，给书法带来一种全新的意境，婉转多情，风流飘逸。

元代赵孟頫，创立了楷书赵体。明代书法帖学亦盛行，二沈书法被推为科举楷则，祝允明、文徵明、唐寅、王宠四子依赵孟頫而上通晋唐，取法弥高，笔调绝代。明末书坛兴起了批判的热潮，他们放浪笔墨，不拘章法，一怀情绪，满纸烟云。这种风气蔓延到清朝，扬州八怪的豪放不羁、卓尔不群，在字画中得以释放。

赵佶的瘦金体，郑板桥的六分半书，以及许多人自创的书法艺术，都别具一格，出类拔萃。历代书法家，有的如空谷幽兰，孤芳自赏；有的似断桥梅花，寂寞无主；有的如寒塘清莲，纤尘不染；还有的若高山雪松，冷傲清瘦。被世人赏识的，则一生功贵，尽显风流。不被认可的，则落隐红尘，自娱自乐。

一部好的书法作品，执笔、运笔、点画、结构、布局，皆可以看出笔墨运转的从容不迫，收放自如。那些流淌在竹简、绢纱、宣纸上的文字，深沉厚重，亦空灵孤独。多少沧桑人事被时光湮没，无处可寻，但流经于世的文化墨宝，依旧古朴自然，历久弥香。

想当初，文房四宝缺一不可，如今笔墨纸砚成了许多人书房追求复古的摆设。也许诗情画意的生活，真的渐行渐远。可我们依旧可以在茫茫人海中寻到知音，在平凡市井人家闻到几缕墨香，觅得几分闲趣。

也许，真正旷达的人生，无须浓墨重彩，几笔轻描淡写，便可知足常乐。每当为尘事所累，总会想起王维的诗：“行到水穷处，坐看云起时。”人生修行，也只是为了抵达一种不可言传的意境，以求心安。所到之处，所见之人，所悟之事，唯有亲历亲尝，方能尽善尽美。

书中岁月，字里乾坤。以后的日子，倘若无人做伴，亦不寂寞。铺一张纸，蘸几点墨，抒几卷云烟故事，写一段似水年华。总以为难挨的辰光，就那么远去了，远去了。

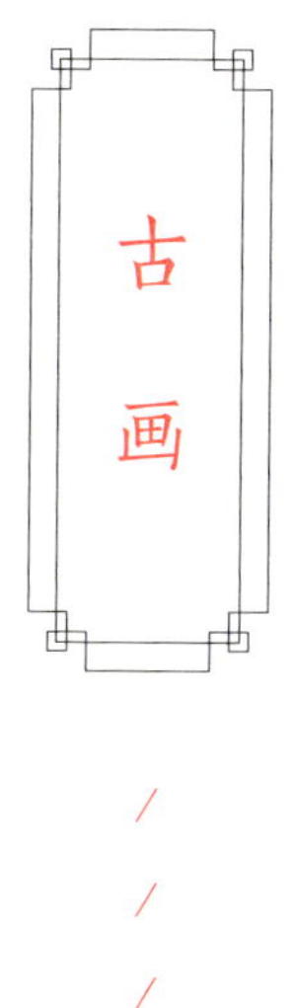

古画

前几日，在南禅古寺一场字画拍卖会上，得了一幅《溪山仙境图》。画者于当今画坛，并无名气，而我对画亦无多深刻的认知，只凭浅薄的感觉，去认定它的精妙与拙朴。这幅写意山水，笔简意远，水墨清淡，色泽明润，古意盎然。相逢的刹那，我蓦然心动，仿佛心之所想，皆融画境。

夜里焚香，听古琴，煮茗品画，分明处红尘闹市，只觉人入画中，与隐逸山林的雅士做了知交。画者构图巧妙，疏密相间，笔法沉稳俊秀，墨气苍古。远处山色迷蒙，点染烟峦，恍若初雨，树木浓淡有序，遐迩分明。

一株苍松下，有一雅士抚琴听涛。一童子于茅舍檐前，烹炉煮茶。一条悠长的石径，通往山林，几点落叶，晕染苔痕。一樵夫打柴归来，似被这古雅琴声吸引而放慢了步履。远山之上，云崖边有几间草亭，若隐若现。简洁疏松的几笔，亦觉意境幽远清旷。山岩凝重，沉郁而有质感。整幅画，深远隽永，空灵疏秀，水墨浑融，苍茫淋漓。

那不是伯牙、子期高山流水遇知音，却有异曲同工之妙。记得前几年在一画廊看过一幅《竹林七贤》，疏淡笔墨，恣意流淌的意境，颇有魏晋风流。竹林清风，曲水流觞，七贤聚集于翠竹下，饮酒对弈、抚琴谈玄，衣袂飘然，风采俊逸。从画之意境，可以品出那个时代的旷达，他们越名教而任自然，其玄远之风弥漫了整座竹林。

读过南朝齐谢赫的《古画品录》："夫画品者，盖众画之优劣也。图绘者，莫不明劝戒，著升沉，千载寂寥，披图可鉴。虽画有六法，罕能尽该，而自古及今，各善一节。六法者何？一，气韵生动是也；二，骨法用笔是也；三，应物象形是也；四，随类赋彩是也；五，经营位置是也；六，传移模写是也。"这完整的绘画六法，古今又有几人可以深得其髓，皆只是各得其形，各得其韵罢了。

山水、器物、花鸟、人物，我偏爱山水和人物。工笔和写意，又喜好写意。工笔画用笔工整细致，注重写实。上色层层渲染，细节明彻入微，用极细腻端正的笔触，描绘万千物象。唐代周昉的《簪花仕女图》《挥扇仕女图》，张萱的《捣练图》《虢国夫人游春图》，所描绘的皆是现实生活，线条明净流畅，诗意风情。

而写意画用笔简练、洒脱，描绘物象的形神，传达内心的情感。用笔虽简淡，却意境深远，含蓄凝练，意到笔随。明代董其昌有论：“画山水唯写意水墨最妙。何也？形质毕肖，则无气韵；彩色异具，则无笔法。”写意的绘画内涵，注重文以载道、遗形写神。王维、沈周、八大山人、石涛、吴昌硕、齐白石的写意画，意境清远，流传宽广，为后世所推崇。

有些画，介于工笔和写意之间，山水松云用写意，楼阁亭台用工笔，两者相融，墨色清润明雅，姿态飘逸俊秀，妙不可言。北宋张择端的《清明上河图》，用笔兼工带写，色泽淡雅，画境磅礴，令人叹为观止。

画者以长卷的形式，描绘汴京以及汴河两岸的自然风光和繁荣景象。疏林薄暮掩映着几家茅舍、小桥、流水和扁舟。料峭春寒，柳芽初绽，有骑马、挑担、坐轿的人，于京郊踏青扫墓归来，去往汴河畔。繁忙的汴河码头商船云集，河里船只往来，有的靠岸停泊，有的顺流而下。汴京城内人流如织，有茶坊、酒肆、肉铺、医馆、客栈、庙宇、公廨等。

街市上，摩肩接踵的行人纷纷登场，有叫卖的小贩、说书的艺人、看景的绅士、骑马的官吏、聚集的公子、行脚僧人、江湖术士，众生百态，共浴盛世和煦。画面长而不冗，繁而不乱，所画人物千余，楼阁房舍三十多栋，木船二十余艘，推车乘轿二十多件。整幅画严密紧凑，段落分明，动静相宜，聚散合理，人物形态生动逼真，品后回味无穷。

因为喜古画，曾为此收集了古画系列的邮票。东晋顾恺之《洛神赋图》、唐代阎立本《步辇图》、五代顾闳中《韩熙载夜宴图》、北宋张择端《清明上河图》、元代黄公望《富春山居图》，这些传世名画，伴随着朝代更迭，历尽沧桑，有些被珍藏宝库，不再入世，有些散落风尘，下落不明。

关于绘画讲究的技巧，墨的特性，水的运用，画的立意，笔势与造型，形态和神韵，我皆是懵懂不知。只觉好的画作，该是崇尚率真，真情流露，信笔挥毫。笔法未必严谨凝练，只要画有美感和意境，有灵魂和神韵，即为佳作。几笔淡墨，简净如水，质朴如话，疏落的线条，看似散淡，却见风骨。

“远看山有色，近听水无声。春去花还在，人来鸟不惊。”唐代王维的山水诗画，最富灵性。清幽天然，简洁朴素，蕴含深刻的禅意。你无须懂得高深禅理，只在浓淡水墨间，即可悟禅。他的画境，清新恬淡，宁静安逸，不与世争。

王维绘画理论著作《山水论》说：“凡画山水，意在笔先。丈山尺树，寸马分人。远人无目，远树无枝。远山无石，隐隐如眉；远水无波，高与云齐。此是诀也。山腰云塞，石壁泉塞，楼台树塞，道路人塞。石看三面，路看两头，树看顶颔，水看风脚。此是法也。凡画山水，平夷顶尖者巅，峭峻相连者岭，有穴者岫，峭壁者崖，悬石者岩，形圆者峦，路通者川。两山夹道名为壑也，两山夹水名为涧也，似岭而高者名为陵也，极目而平者名为坂也。依此者粗知山水之仿佛也。”

王维将山水草木、春夏秋冬绘之画境，记录了那些人生故事、柔软时光。草木有情，山水有魂，王维的诗画，像雨后优雅的清风，以它灵动清新的姿态，挂在高贵的大盛唐世。人世风景经历无数变迁，唯有青山绿水不换初颜。

清张潮《幽梦影》说：“故天下万物皆可画，惟云不能画。世所画云，亦强名耳。”唐高蟾有诗云：“世间无限丹青手，一片伤心画不成。”可以画年少容颜，曼妙风光，刹那惊鸿，却亦有画不出的心伤记忆和沉默往事。

万物有灵，众生平等。如寄的人生，有太多缥缈的顾盼，于这昌明盛世，我依旧是那个背着世味的过客，寻找一片不染尘埃的明山净水。岁月年轮，浮生姿态，就这样流于淡墨疏烟中。有一天，亦成了经世古卷，冲淡了离合，熏染了时光。

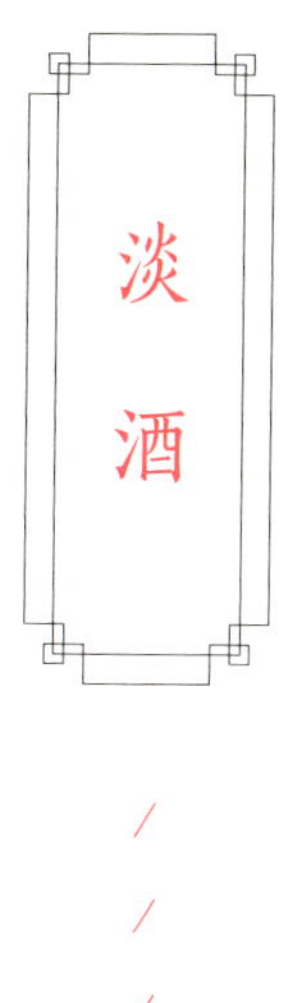

淡酒

江南初雪，晚风薄暮，城市灯火阑珊。仿佛每一场雪，都是对心灵的一次净扫。万物在宁静中蛰伏，待春暖时，可以滋长些许慧根。随手翻开历史的书简，仿佛打开一坛封存了五千年的窖酿，甘醇馥郁的酒香沁人心骨，未饮即醉。试想，这个雪夜，有多少人交杯换盏，又有多少人窗下独酌？

白居易有诗吟："绿蚁新醅酒，红泥小火垆。晚来天欲雪，能饮一杯无？"他诗中的那杯酒，不仅温暖了风雪夜归人，更在许多人心里，种下了浪漫的情结。我对酒的喜爱，大概是缘起于这首诗。从滴酒不沾，到有了青梅煮酒的兴致，再后来更有对月浅酌的闲趣。这个过程，如同酿一壶月光酒，隽永绵长，唇齿留香。

有一坛酒，在岁月里窖藏了数千年，留存了太多的文化和故事。似乎每一本古书，都被诗酒情怀浸润过，于流年温柔的记忆中，吐露它的清芳。在那些未知的年代，有许多未知的灵魂与我们有过温暖的相逢。只是时光深沉如海，彼此在人生来来去去间，淡了痕迹。

相传，夏禹时期的仪狄发明了酿酒，之后又有了杜康造酒的传说。曹操的《短歌行》里写道："对酒当歌，人生几何？譬如朝露，去日苦多。慨当以慷，忧思难忘。何以解忧？唯有杜康。"酒从此频繁出入于诗书，可以添兴助雅，可以消愁解忧，可以颐养性情，可以熏醉四季。

"百里奚，五羊皮，忆别时，烹伏雌，炊扊扅；今日富贵忘我为？"当年浣纱女宰杀了一只鸡，给了百里奚一杯博取功名的酒，才有了这首幽怨感人的《琴歌》。而卓文君为了和司马相如长相厮守，不惜私奔当垆卖酒，一曲《白头吟》，唱尽了一个女子对爱情的忠贞与决绝。"皑如山上雪，皎若云中月。闻君有两意，故来相决绝。今日斗酒会，明旦沟水头……"司马相如正是因为喝了那杯酒，读了这首诗，才与卓文君重修旧好。

魏晋时，有竹林七贤，他们非汤武而薄周孔，越名教而任自然；弃经典而尚老庄，蔑礼法而崇放达。相邀于竹林深山，肆意欢宴，纵歌喝酒。嵇康一曲《广陵散》，成了旷世绝响。而刘伶一醉千日，更是古今奇谈。他们借酒来逃避风云乱世，在亦醒亦醉中，向后世讲述其超然凡尘的魏晋风骨。

曾经误落尘网的陶渊明，放下了彭泽令，归隐田园，采菊东篱。他亲自荷锄种田，植菊酿酒。这一生，陶潜最爱的就是菊花和美酒，他写下《饮酒》二十首，自娱自乐，悠然南山。半壶酒，一张琴，喝醉了梦回桃花源，与村叟黄童，过上安居乐业的生活。

唐朝的酒，有一种盛况空前的景象。多少文人墨客，将诗浸泡在酒里，整个长安城弥漫着浓郁的酒香，千百年来，始终挥之不去。“李白一斗诗百篇，长安市上酒家眠，天子呼来不上船，自称臣是酒中仙。”豪放诗人李白一生嗜酒，因为酒，他文思若泉涌。因为酒，他可以傲视天子，杨贵妃为他端砚，高力士为他提靴。他用五花马、千金裘换取美酒，最后醉酒捞月，葬身江河。

忧国忧民的杜甫，也有狂放不羁的一面，他写下《饮中八仙歌》。诗中八位酒仙，在长安城里，过着饮酒赋诗的旷达豪放生活。

他亦有着“白日放歌须纵酒，青春作伴好还乡”的潇洒。杯中美酒，让他忘记烦忧，醇香了诗句。

浪漫多情的白居易自称为醉吟先生，他爱酒、爱诗、爱琴、爱美人。每遇良辰美景，便邀客来家，拂酒坛，开诗箧，捧丝竹。喝酒、吟诗、操琴。家童奏《霓裳羽衣》，小伎歌《杨柳枝》，酩酊大醉方歇息。日光晴好时，他郊游野外，车中放一琴一枕，车檐悬挂两只酒壶，抱琴引酌，兴尽而返。他被贬为江州司马，与琵琶歌女天涯沦落，相逢相识。他写下“在天愿作比翼鸟，在地愿为连理枝”，老时却遣散最爱的樊素和小蛮，陶然独酌，幕天席地。

如果说酒浸润了唐诗，同样酒也温暖了宋词。苏轼有“明月几时有，把酒问青天”的落落胸怀，又在如梦的人生里看悲欢离合，阴晴圆缺。奉旨填词的柳三变，则是“忍把浮名，换了浅斟低唱”。阑干拍遍的辛弃疾，将满腔凌云壮志付与杯盏，写下了“谁共我，醉明月”的词篇。

“三杯两盏淡酒，怎敌他、晚来风急。”李清照的词酒婉约而惆怅，像遣不散的闲愁，若无计可消除的相思。当年陆游和唐琬沈园重逢，唐琬亲自为陆游送上一壶酒，令他忆起前尘往事，百感交集，题下“红酥手，黄縢酒，满城春色宫墙柳”的千古绝唱。

欧阳修在《醉翁亭记》里写道：“醉翁之意不在酒，在乎山水之间也。山水之乐，得之心而寓之酒也。”他一生喜酒，徜徉于山水间，日子风清月白，惬意逍遥。晚年的欧阳修，藏书万卷，在琴棋诗酒中，陶然度岁，怡然四季。他的酒，有了境界，宠辱皆忘，名利尽销。

元明清的酒，亦是潇洒疏狂，醒醉各半。酒不仅藏于诗词曲赋间，亦落在古典名著里，更飘香于平凡生活中。“白发渔樵江渚上，惯看秋月春风。一壶浊酒喜相逢。古今多少事，都付笑谈中。”《三国演义》里的酒，有青梅煮酒论英雄的慷慨豪情。

“此酒乃以百花之蕊、万木之汁，加以麟髓之醅、凤乳之曲酿成，因名为‘万艳同杯’。”《红楼梦》里的酒，总有一种说不出的缠绵意味，风流韵致。

饮酒的地方，亦有多处选择。有在大雅之堂，也有在闹街酒肆。有在山水之畔，也有在翠微之中。“人生在世不称意，明朝散发弄扁舟。”李白仗剑云游，醉于扁舟之上。“葡萄美酒夜光杯，欲饮琵琶马上催。”王翰在荒凉的边塞，醉卧于沙场，不问明日是否马革裹尸。“借问酒家何处有，牧童遥指杏花村。”而杜牧在纷纷细雨的清明，是否找到了那家隐于山林雾霭的杏花村？

端午节饮“菖蒲酒”，重阳节饮“菊花酒”，除夕夜饮“年酒”。无论大小节日、婚丧嫁娶、宗教祭祀，都离不开那一壶佳酿。上至宫廷盛宴，下至百姓农家，这杯酒从千年喝到今朝，由日暮喝到晨晓。都说，天下没有不散的筵席。这锦绣如织的人间，谁会是那个与你执手交杯，又一同离场的人？

“几时归去，作个闲人。对一张琴，一壶酒，一溪云。”这不仅是东坡先生的心愿，亦是天下众生的向往。也许有一天，我安于江南某条深巷，储藏粮食，在长满绿苔的后院，挖一口深井，取清泉酿酒。再采折四季鲜果、花叶，泡上几坛玉酿琼浆，封存于时光深处，等候有缘人来开启、品尝。

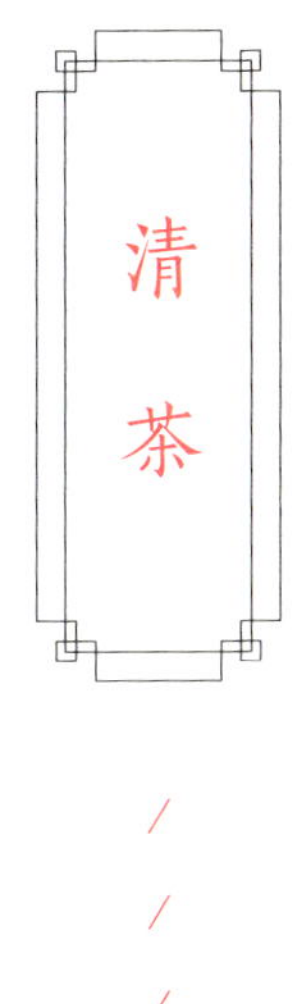

清茶

捡一捆梅枝，舀两勺山泉，取三两嫩芽，加四片闲情，煮一壶清茶。倒入玉盏，赏潋滟茶汤，闻馥郁清香，入口微涩，品后回甘。其芬芳深沉持久，韵味无穷。也许这样品茶，有些轻巧，但人间草木中最具灵性，得日月雨露滋养的尘外仙芽，又怎能不被世人交付真心来喜爱？

一杯好茶，如雨后纯雅的清风，似薄暮明净的初雪。多少繁芜杂陈的世事，苦乐交织的年华，都被抛入炉火沸水中，看茶叶若云霞舒展，翻滚沉浮。就这样被一次次冲沏，从浓到淡，由暖转凉，散发所有清香，过尽百般味道。最后，只剩下一杯无色无味的白水，一如你我洗尽铅华的人生。

茶的一生，虽然清浅苦涩，却也碧绿澄澈。茶在僧人心里是禅，在商人眼中是利，在文人笔下是雅，在百姓人家是礼。上至达官贵胄，下至市井平民，饮茶已成一种风尚。以茶思源、以茶待客、以茶会友、以茶入诗、以茶歌令、以茶说经，还有以茶兴农和以茶致富。茶就这般自然地融入寻常生活，不着世态，有着妙不可言的滋味和风雅。

国人究竟从何时开始饮茶，传扬已久，又莫衷一是。大致始于汉代，盛行于唐朝，而后经历宋明清，沿袭至今。唐人茶圣陆羽在《茶经》里记载着："茶之为饮，发乎神农氏，闻于鲁周公，齐有晏婴，汉有扬雄、司马相如，吴有韦曜，晋有刘琨、张载、远祖纳、谢安、左思之徒，皆饮焉。"

《神农本草经》曾有记载："神农尝百草，日遇七十二毒，得荼（茶）而解之。"可见，早在神农时代，就已发觉茶树的鲜叶可以解毒。但茶道创始者，为著书《茶经》之人陆羽，故他被后世称为茶圣、茶仙。此后，举国上下盛行饮茶之风，茶成为一种文化。让修行人在茶味中，寻到清寂与平和的境界；也让芸芸众生在大自然的草木里，感受到人间生灭的故事。

陆羽有一首著名的《六羡茶歌》：“不羡黄金罍，不羡白玉杯。不羡朝入省，不羡暮登台。千羡万羡西江水，曾向竟陵城下来。”是他教会了我们，不要停留在尘世高贵的荣华里，应该俯身和平凡的草叶，开始一段深刻的交集。他品格如茶，愿受风雪浸洗，无惧岁月消磨，亦不慕宝马香车、功名厚禄。

陆羽，字鸿渐，又号茶山御史。他一生嗜茶，精于茶道。幼时长于寺中，学会识字，懂得烹茶。后不愿削发剃度，逃出寺庙，辗转到一个戏班，做了伶人。再后来遍历天下，尝尽各地名茶，誓要写一部有关茶树产地、生长，以及采茶、制茶、品茶的工具和方法等多方面的茶叶书籍。

陆羽隐居山间，闭门著述《茶经》。其间他多次独行山野，深入农家，采茶觅泉，尝茶品水。后人与茶，结下难了的缘分，陆羽是为前因。饮茶的诗作、饮茶的故事、饮茶的精髓和饮茶的典故，至此浩如烟海，在茶室雅间、门庭街巷竞相传颂。

所以有了“寒夜客来茶当酒，竹炉汤沸火初红”的诗句，有了

“且将新火试新茶。诗酒趁年华”的雅趣。多少文人墨客，聚集在雪夜炉火边，品茗为乐，赋诗寄兴。或是寻常百姓家，亲友相会，沏上一壶好茶，几碟点心，随意谈笑，回忆往事，感受相聚的温暖。

世间的熙攘，在一盏茶中得以沉静。水的慈悲和含容，让许多人学会了感恩，懂得有些别无所求的付出，比得到更为快乐。茶可以洗去风尘，温润心情；可以省略繁复，留存澄净；可以过滤浮躁，回归淡然。

有茶仙之名的卢仝，在《走笔谢孟谏议寄新茶》诗中吟道：“一碗喉吻润，两碗破孤闷。三碗搜枯肠，唯有文字五千卷。四碗发轻汗，平生不平事，尽向毛孔散。五碗肌骨清，六碗通仙灵。七碗吃不得也，唯觉两腋习习清风生。”这著名的七碗茶诗，道尽了茶的神性和通透，品后飘飘欲仙，如梦似幻。

茶的品类繁多，有绿茶、红茶、白茶、黄茶、黑茶、花茶、乌龙茶、普洱茶之分。然这些茶，又被细分在不同地域，有着不同品性，不同汤色和香味。茶，长于人烟稀少的山林，经云雾日月料理，远离浮尘，通了性灵。每个人，都可以找到一种与自己情投意合的茶，取之精魂，消除执念，在茶水里品味宁静。

《红楼梦》里有一回，栊翠庵茶品梅花雪。当日贾母携刘姥姥及众人行至栊翠庵，妙玉亲自奉茶与贾母，贾母道："我不吃六安茶。"妙玉笑说："知道，这是老君眉。"可见贾母与老君眉甚为投缘，老君眉茶形细长如眉，银毫显露，寓意长寿，味则淡雅。这与贾母尊贵的身份相符，她偏爱清淡量微的茶。六安茶虽为名茶，但滋味醇厚，香气馥郁，经久耐泡，倒与刘姥姥的气质相融。

品茶的器皿，亦有讲究。那日妙玉取出了自己珍藏的几个精致的瓷杯、盖碗、玉斗等，分别给贾母、黛玉、宝钗和宝玉盛茶。但凡普通人家，所用的无非就是陶具、紫砂、瓷器，甚至木碗、竹盅。富贵之家，则用金杯、玉盏，或一些古玩奇珍来寄兴风雅。

煎茶的水，亦有选择。雨水、雪水、露水、泉水，皆可用来煎茶。妙玉给贾母喝的是旧年蠲的雨水，而给黛玉和宝钗的，则是自己收藏了五年不舍得喝的梅花上的雪水。几个简短的片段，可以看出妙玉是一个品茶的行家，亦可以看出饮茶不仅是时尚，更是无穷幽趣。

一壶好茶，不仅要选好的品种，还要择不同的器皿、不同的水，在不同的节令、不同的天气以及不同的环境，和不同的人品尝，方能淋漓尽致地呈现出其天然韵味。这一切，都是大自然给人类最珍贵的馈赠。我们要用一颗出离而清淡的心，来品味这草木精魂，人间甘露。

茶有性格，有气质；茶有品德，也有风骨。品茶不仅可以明了心性，还可以延年益寿。那一壶茶，从遥远的唐宋，走过明清，被无数个春秋熬煮，汤色依旧碧绿清澈，香味清雅醇郁。原来茶也可以如酒，封存在岁月深处，和时光争输赢。

弱水三千，只取一瓢饮。一切草木，皆有情意。只要你耐心品尝，定然可以寻到一盏只属于你的茶。任何时候与之相逢，都不会太晚。让我们在茶水中，种下善因，广结善缘。倘若看倦了世情，走倦了风物，不如坐下来，生火煎茶。把一壶茶，喝出慈悲喜舍，喝到波澜不惊。

第二卷

一纸诗书一年华

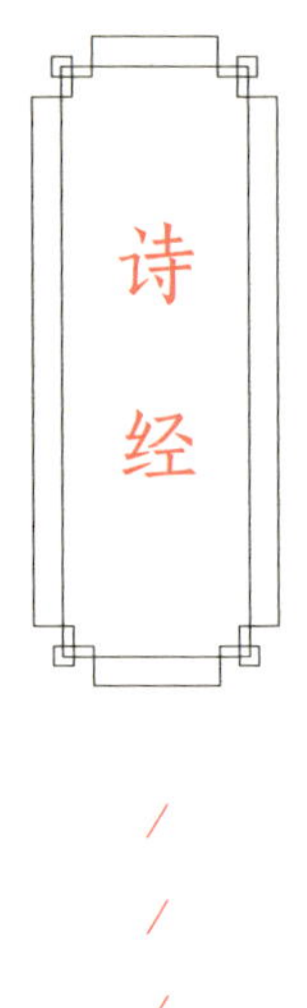

诗经

折庭院的竹为舟，筑雨后的虹为桥，穿过唐风宋雨，朝三千年前的《诗经》走去。千古繁华，人间乐事，像一缕薄风，一朵流云，被时光抛远。那些隐藏在岁月背后的片段，尘封于光阴中的婉转词句，被安放在一卷竹简里，写满了古老又清浅的记忆。

一个叫诗经的年代，在寻常的春秋里悄然开场。它如同一代王朝，经历盛衰荣枯，无常幻灭。据说，有关《诗经》的故事，长达六百年之久。六百年，从西周时期至春秋中叶，这段漫长的过程中，那些古人就已经懂得如何用优美的文字，来含蓄委婉地表达内心自由奔放的情感。

《史记·孔子世家》记载："古者《诗》三千余篇，及至孔子，去其重，取可施于礼义……三百五篇……"于是，这三百零五篇诗歌被编撰为《诗经》，分成《风》《雅》《颂》三部分，成为中国第一部诗歌总集。过往的著诗者被湮没在历史风尘里，早已无从寻找。尽管老去的诗句已经沾满苔痕，但其内在的思想却清明如镜。我们可以擦去岁月尘埃，看到《诗经》里六百年的社会生活，世态民风。

孔子说："《诗》三百，一言以蔽之，曰：'思无邪。'"他还说："不学诗，无以言。"我们与古人原本相隔于遥远光阴的两岸，却因为有了诗歌传情，得以心意相通。一段平凡的际遇，足以穿越数千年的文明沧桑。文字之奇妙，令人无法猜测，看似简单的字符，平淡的韵脚，却能够变幻出无穷意境，让人咀嚼出千种韵味，万般情意。

《诗经》的妙，在于读后清澈心灵，如薪火煮水沏的一壶春茶，天然本性，不修雕饰。带着斜柳细雨的心事，暖口桃花的情趣，所以诗句里有一种碧水流云的高远，明月清风的疏淡。那是一个时代的民歌，不仅描述了普通人民劳作的生活情景，也诉说了寻常男女美丽的爱恋，同时又将历史上风云时事和春耕秋收的日子，用诗的方式生动而传神地表达出来。

“关关雎鸠，在河之洲。窈窕淑女，君子好逑。参差荇菜，左右流之。窈窕淑女，寤寐求之。求之不得，寤寐思服。悠哉悠哉，辗转反侧。参差荇菜，左右采之。窈窕淑女，琴瑟友之。参差荇菜，左右芼之。窈窕淑女，钟鼓乐之。”

《关雎》是《诗经》的第一篇，描述了一个俊朗青年，对一位窈窕淑女的无限爱慕。爱情，是千古不变的主题，而《诗经》以世间纯美的爱恋为开端，给我们讲述遥远年岁里的浪漫故事。青青河畔，悠悠绿水，在洁净无尘的晴空下，有一位美丽善良的采荇菜少女，不经意落入别人的梦中，被多情的过客守候成最美的风景。

她不知道，她犯下了一个怎样的美丽错误。她错在，她的倩影如二月细柳，容颜似三月桃花；错在只顾着采摘荇菜，而随意挽起她蓬松乌黑的发，迷离了青年的双眼；错在将自己晾晒于阳光下，让青春一览无瑕。她的美，给了那过路青年温柔的憧憬，牵动了他美丽的哀愁。于是，他写下了这首渡河的诗歌，希望有一天，可以穿越这条爱情的河流，与梦中的少女倾诉衷肠。

后来，在一个蒹葭苍苍的霜秋，还有一位伊人，在水畔犯下了同样美丽的错误。“蒹葭苍苍，白露为霜。所谓伊人，在水一方。溯洄从之，道阻且长。溯游从之，宛在水中央。”这首《蒹葭》，仿佛任何时候读起，都带有一种苍茫深秋的清凉，一种百转千回的企盼。

美丽的佳人，缘何伫立在河水之畔，让爱慕她的人，隔着秋水含烟，相看渺渺。想要逆流寻找，奈何道路险阻，顺流追去，又宛若在水中央。只能在河岸静立沉思，时而徘徊翘首，只希望可以涉水而过，做她裙裾下的一株芦苇。

然而，千百年了，他始终在岸边走走停停、寻寻觅觅，看过流光偷换，那条缘分的河流，始终没有跨越。而佳人，被尘封在秋水一方，依旧可望而不可即。平凡如他，又怎能像达摩祖师那般，折一根芦苇，抛入江中，幻化成扁舟，飘然渡江。或许有时候，距离的美胜却了十指相扣的温暖。

相思如雨，敲打在恋人多思善感的心上。“青青子衿，悠悠我心。纵我不往，子宁不嗣音？青青子佩，悠悠我思。纵我不往，子宁不来？挑兮达兮，在城阙兮。一日不见，如三月兮。”有那么一个女子，芳心萌动，为等候那个身着青衣的良人，在落日城头，往返徘徊。如影随形的，只有一轮清朗的明月。

难道昨日的海誓山盟都成了过眼云烟？纵使我不去看你，你亦不该断绝音信。果真是心意相通，也该知我会在此处守候，为何就不能主动寻来？倘若寻来，我不在此，亦不可轻易更改当初约定，辜负情缘。

少女如此细腻婉转的心事，让读者也能感受其相思之苦。也许只有爱过、等待过的人，方可深知其味。而后才有了《采葛》里一日不见，如隔三秋的惆怅与悲戚。“彼采葛兮，一日不见，如三月兮。彼采萧兮，一日不见，如三秋兮。彼采艾兮，一日不见，如三岁兮。”

都说恋爱中的女子最为美丽，可她们最惧人生分离。再好的年华，也禁不起孤独光阴的消磨。思念如利刃，瘦减她们的容颜。原来她们期许的，也只是“执子之手，与子偕老”的简单心愿，是尘世最平淡的幸福。

“死生契阔，与子成说。执子之手，与子偕老。”爱情没有年轮的界限，隔着数千年的风雨时空，亦有生死与共的深情承诺。世事迁徙，历史更换了无数次天空，唯有爱情，始终如一。“窈窕淑女，君子好逑。”“静女其姝，俟我于城隅。”那些对纯美爱情的追求，从古老的诗经时代开始，何曾有过停歇？

上一世，你为樵夫，我为浣女。这一世，你为才子，我为佳人。如果说生命是一场无可终止的轮回，那爱情则是这一切际遇的前因。有时总叹怨自己错生了年代，否则，可以活在一个单纯的世界里，谈一次单纯的恋爱，写一首单纯的诗。却忽略了，其实早在远古，世间红男绿女，就已开始演绎聚散离合的故事。

“投我以木桃，报之以琼瑶。匪报也，永以为好也。”无论哪一世有过相欠，纵使结草衔环，亦会相报。假如我提前老了，注定不能与你同行，也会在秋水河畔，读一首名为《蒹葭》的诗。你若不来，我怎敢真的离去?

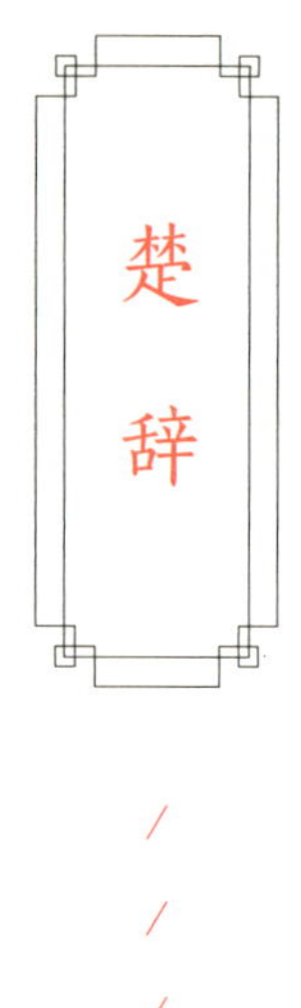

楚辞

为寻清幽风景，独自漫步于山间。江南五月，梅花早已落尽，碎成残雪。寂静山林，树木青葱，因杳无人烟，苔痕深绿，似乎藏隐了许多不为人知的故事。而我总会想象，于这空谷幽林，云深雾浓处，可以觅得一间茅舍，一户人家。一童子捡松针煮酒，炉正沸。又或者，邂逅屈子笔下那位身披薜荔、腰束女萝的山鬼，与她采折一束兰草，说几段人间情话。

都说空谷幽兰，可遇不可求。万物皆因缘而起，亦因缘而灭。世有痴情者，独爱人间草木，在有限的时光里，与之温柔相处。陶渊明采菊东篱下，悠然见南山。周敦颐挖池种莲，醉心浸月小岛。苏东坡爱竹，无论被放逐何处，必居住于修竹庭院，与之朝夕相伴。

喜欢与花木结友，和鱼鸟相知的，多为品格端庄之人。他们在纯净的自然风物中，找寻到远离尘世的声音，方可化风为曲，听水为歌。我与梅花，做了知己。而两千多年前，那个不流俗的屈子，爱的则是香草。也许，只有草木才能慰藉那些高傲孤独、洁净无瑕的灵魂。

草木让岁月有了气息，让原本浓郁的浮世有了清淡的芬芳。自古隐士高人，大多怀才不遇，为世不容，便生了山林之志。愿避万丈红尘，于山水灵秀之地结庐而居，远离车马喧嚣。草木林泉，可以治愈心中伤痕，让他们甘愿抛弃荣华，淡忘名姓，与之同生共死。

能将一段哀伤，写得如此缠绵不绝，挥之不去，揽之又来的，也就只有《楚辞》了。那段美丽的伤情，亘古连绵着，令人上下而求索。炫丽的词笔，古老的辞卷，似乎也在芝兰与麝桂的浸熏下，芳香无比。有那么一个人，用香草也掩不起他心中彷徨的忧伤。

“扈江离与辟芷兮，纫秋兰以为佩。汩余若将不及兮，恐年岁之不吾与。朝搴阰之木兰兮，夕揽洲之宿莽。”

屈原，战国时期楚国人，创造了一种诗体叫楚辞，被世人称为诗歌之父。他满腹才华，胸怀大志，也曾受楚怀王赏识，主张对内举贤能，修明法度，联齐抗秦。后遭贵族排挤，被怀王疏远，逐出郢都，开始漫长的流放生涯。再后来秦国大将白起带兵南下，攻破楚国国都，亦粉碎了屈原最后的梦想。他自知无力回天，以死明志，投身汨罗江，与这尘世，无来无往。

在汨罗江畔的玉笥山，屈原写下了千古佳作《离骚》《天问》，尽现楚辞风华。“亦余心之所善兮，虽九死其犹未悔。”为着心中眷恋，飞蛾无悔地扑向了烛火，想用焚灭，来诉说自己对火焰的执着。蝴蝶飞不过沧海，但它的双翅，却可以在翻涌的浪花中，留住影子的翩然。

那个为着美好理想而求索不止的屈子，一生浪漫多情，他佩兰餐菊，被放逐之后，从此只认香草为知交。四季流转，花谢花飞，纵是花落人亡，亦无怨不悔。可他真的放下了吗？那风雨摇曳的山河，始终是他尘世中割舍不断的牵挂。

“鸟飞反故乡兮，狐死必首丘。”一个人对故国的留恋，是游子寄在天边的云。就如飞鸟，穿过暮雪千山，经受风霜苦雨，都放不下心底的归程。而狐狸死去之时，它的头部总是朝着出生之所。此番情怀，是对生命的独钟。倘若没有这般情深，又何来千古离愁别怨，何来那许多的魂牵梦萦。

屈子怀念他的楚国，尽管几度谪迁，终不能冷却心底对故乡的缠绵。“沧浪之水清兮，可以濯我缨。沧浪之水浊兮，可以濯我足。”曾有江边渔父相劝，处世无须过于清高。世道清廉，可以出来为官；世道浑浊，可以与世沉浮。然无论世道如何，都未能改变屈子心中的追求。既无法随波逐流，只好让汨罗江清澈的水，还与他一世的清白。

《楚辞》是我国第一部浪漫诗歌总集。因诗歌形式以楚国民歌为底色，篇中引用楚地风物和方言词汇，故叫楚辞。宋代黄伯思在《校定楚辞序》中概括说：“盖屈宋诸骚，皆书楚语，作楚声，记楚地，名楚物，故可谓之‘楚辞’。”

西汉刘向将屈原、宋玉的作品以及汉代淮南小山、东方朔、王褒、刘向等人承袭模仿屈原、宋玉的作品共十六篇辑录成集，定名为《楚辞》。后王逸增入己作《九思》，成十七篇。在其各篇著作中，以屈原和宋玉的作品最受注目。

“搴汀洲兮杜若，将以遗兮远者。时不可兮骤得，聊逍遥兮容与。”《湘夫人》是屈原作品《九歌》组诗十一首之一，为祭湘水女神而作。其主题描写的是相恋者生死契阔，会合无缘。仿佛一直在迷惘中等候，不知那梦中的女神，几时才能来赴约？

“袅袅兮秋风，洞庭波兮木叶下。”纵是万木凋零，秋水望断，亦不见佳人踪影。汀洲上采来芳香的杜若，该如何赠予远来的湘夫人。虽未能如约而至，错过相会佳期，然彼此忠贞不渝，就算不得重逢，亦可天长地久。

“采三秀兮于山间，石磊磊兮葛蔓蔓。怨公子兮怅忘归，君思我兮不得闲。山中人兮芳杜若，饮石泉兮荫松柏。君思我兮然疑作。”那个在风雨里痴心等待情人来相会的山鬼，亦在盼而不见的怅然中备感哀怨。世间草木有情，何况神灵？湘夫人的幽怨，山鬼的绝望，直指人心。这些有情的神灵，何尝不是屈子，他的等待没有结局，却让《楚辞》成了古今最悱恻、最多情的诗篇。

无论是屈原的《离骚》，还是宋玉的《九辩》，都是在与神灵的同游中，寻找尘世不可多得的相知。“悲哉秋之为气也，萧瑟兮草木摇落而变衰。憭慄兮若在远行，登山临水兮送将归。”千百年来的悲秋，遣之不去的情怀，因宋玉而起，亦给《楚辞》添增了几段忧伤的柔肠。

万木无一叶，客心悲此时。多少人，在秋天的渡口送往迎来，把故事演成了昨天。犹记年少时雨夜读红楼，病卧潇湘馆的林黛玉，在风雨竹摇的秋夜写下一首《秋窗风雨夕》。其中有一句："谁家秋院无风入？何处秋窗无雨声？"令人无尽哀怨。落叶萧萧、寒烟漠漠的秋景，无论是诗里诗外、古时今朝，都是一样地美丽，一样地神伤。

"山有木兮木有枝，心悦君兮君不知。"不知道湘夫人是否闻到杜若的清芬，已经如约而至，与君共守天荒？不知道幽居在空谷的山鬼，是否换了新装，依旧在云海中痴情地寻找，孤独地等待？

那个写着辞赋、梦游神女的美貌男子，不知在为谁招魂？还有一位披着长发，投身于汨罗江的浪漫诗人，到底去了哪里？也许心中所想，只有在红尘之外，才能不期而遇，才能如愿以偿。

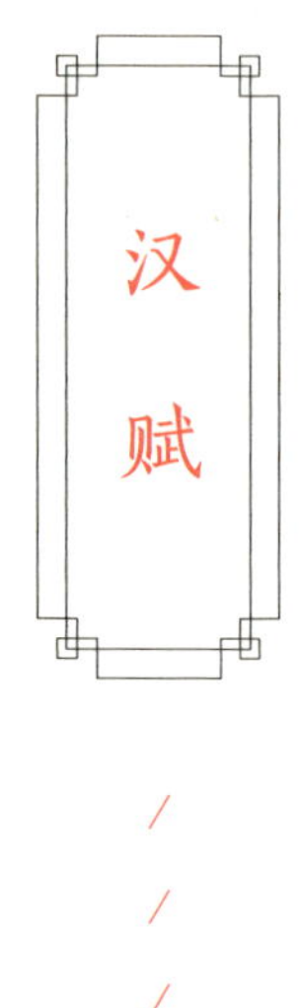

汉赋

昨日闲庭赏落花，万紫千红化作春天最后的清雅。此时窗外微风白云，翠竹浓荫，始知早已入夏。江南风物，无非画桥烟柳，水榭楼台，却成了世人永远看不倦的风景。在人生繁华的底色里，心中的苍茫，唯有自己知道。

多少人为了追求奔走浮世，无惧风尘，而我总是不懂得如何经营生活，虚度了光阴。我不过是生活的旁观者，静守月圆花开，愿做空谷幽兰，沉浸于安静古老的事物，独自怡然。仿佛只有在静美无言中，方能看见初时模样，不改旧日情怀。

有如此刻，我在绿纱窗下铺纸研墨，微风中飘散着一抹薄荷的清凉。这样的柔软，是岁月赐予的恩德。低眉敛神，执笔临摹曹植的《洛神赋》。“其形也，翩若惊鸿，婉若游龙，荣曜秋菊，华茂春松。仿佛兮若轻云之蔽月，飘飖兮若流风之回雪……”娟秀的蝇头小楷，始终少了几分灵动和飘逸。

曹子建的文采，果真是风骨不凡。赋中那个翩若惊鸿、婉若游龙的宓妃，做了洛水之神，千百年来，守着洛河，看尽波涛汹涌，时光远去。每次低头看水，总会想起三国时期，那个如同洛神的女子甄氏。而曹植的一篇《洛神赋》，留给我们的，不仅是清婉绝代的文字，还有一个缥缈美丽的传说。

许多年前，我曾说过，写诗不如填词，填词不如作赋。那时读过司马相如的几篇大赋，文采华茂，气势恢宏，似滔滔江水，起落有致，韵味无边。后来偏爱精致清丽的小赋，篇幅简短，却耐人细品追思。再后来喜欢清词短章，言语明净，意味深长。直到爱上五言绝句，方知人生至简为美，朴素为真。有时候，寥寥几字，足以道尽衷肠。

汉赋自有它的风骨和气韵，是汉代独有的抒情散文。不似小笺笔墨，不似古调长词，唯蘸浓情入笔，铺洒淋漓，方得汉赋韵致。繁复的言语，有时反而难以直抵人心，但华丽的篇章，灿烂的铺陈，却为世人所钟情。借着大汉盛世，从楚辞绚烂的香草间，跳跃而出，化为鹏鸟，俯瞰锦绣山河，落笔处壮丽万千，潇洒肆意。

劝百讽一，是汉赋的弊端，亦是风云聚散处，遮掩不住的风采。那支流光溢彩的笔，扫过南泽北原、西漠东海，途经长安车水马龙的街市，繁华富丽的宫殿，地阔千里的苑囿，高耸入云的楼台。本是讽谏之意，却穷极声貌，写成了颂扬之调。无心种花，春风千载，织就江山云锦。

汉赋里的词句，如散落在人间的珍珠，满地璀璨晶莹，淹没了岁月长河里那些寂寥无声的等待。汉赋最鼎盛时期，在两汉四百年间，之后渐渐被诗歌取代，退出了历史舞台。但汉赋的经典文辞，语言魅力，却流经千古，无处不在。

十年一剑，是剑客的荣耀；十年一文，为文人的自豪。司马相如早年读书练剑，做了汉景帝的武骑常侍。然景帝不好辞赋，相如纵使才高八斗，亦无知音赏识。后来一篇《子虚赋》，深受汉武帝刘彻赞赏。更因其文采风度，令才貌双全的卓文君爱慕，与之私奔，甘愿当垆卖酒，不离不弃。

之后的《上林赋》一出，司马相如被刘彻封为郎。深受皇帝宠信的相如，被功利所诱，竟生纳妾之心，全然忘记为之一往情深的卓文君。后卓文君写下一首《白头吟》：“皑如山上雪，皎若云中月。闻君有两意，故来相决绝。……凄凄复凄凄，嫁娶不须啼。愿得一心人，白头不相离。”司马相如读罢惭愧万分，如梦方醒，始知文君情意，山高水远，长相厮守。

汉赋正式形成，当属枚乘的《七发》。这篇赋，主旨在于劝诫贵族子弟，莫要太过沉溺于安逸享乐。他用音乐、饮食、乘车、游宴、田猎、观涛，这些大千世界的生动乐事，渐次改变太子奢靡的生活态度，填满了他心灵的空虚，医治了他的病症。刘勰说：“枚乘摛艳，首制《七发》，腴辞云构，夸丽风骇。”

古有登高作赋，读赋之时，亦择明光洁净处，任思绪乘着灵感的舟楫，行过万水千山，方能体会其间妙处。世情故事，草木鸟兽皆付文辞，自西汉词笔，转入东汉抒情。那辽阔的文字山河，在无穷无尽的想象中，见证了大汉王朝的兴衰起落。

“眉如翠羽，肌如白雪，腰如束素，齿如含贝。”宋玉在《登徒子好色赋》里对邻家女子容貌的描述，成了千百年来留在世人心中不可替代的绝艳。然而这样一位绝色女子，登墙偷窥宋玉三年，宋玉始终对她不予理睬。他不弃糟糠之妻，与之红尘携手，相约白头。

“蒙圣皇之渥惠兮，当日月之盛明。扬光烈之翕赫兮，奉隆宠于增成……白日忽已移光兮，遂晻莫而昧幽……神眇眇兮密靓处，君不御兮谁为荣……仰视兮云屋，双涕兮横流。”班婕妤的《自伤悼赋》在历史上亦落下了明丽的一笔。也曾得到皇帝的恩宠、许皇后的喜爱，后赵飞燕入宫，成了班婕妤悲剧的开始。

曾经红绡帐里，鸳鸯同枕。如今她的居所，秋草萋萋，落叶不扫。她的自悼，无非是一个失宠者，将含蓄哀婉的深怨，隐藏在文字里。这般才貌风华的女子，也不过明媚鲜艳了几载，便被帝王遗忘于后宫，做了阑珊角落里的一株小草，无力与世抗衡，与人相争。

“夫何瑰逸之令姿，独旷世以秀群。表倾城之艳色，期有德于传闻。佩鸣玉以比洁，齐幽兰以争芬。淡柔情于俗内，负雅志于高云。悲晨曦之易夕，感人生之长勤。同一尽于百年，何欢寡而愁殷。”陶渊明的《闲情赋》用华美抒情的文字，生动细腻地描写世间男女的爱情。

“愿在竹而为扇，含凄飙于柔握；悲白露之晨零，顾襟袖以缅邈！愿在木而为桐，作膝上之鸣琴；悲乐极以哀来，终推我而辍音！”陶渊明一改往日朴实自然的文笔，承接汉赋的语言风格，落笔缠绵，柔婉多姿。时而波涛惊起，时而暗流回还，终而不绝，止而不息。陶潜终不愧为写景抒情的大家，读他的赋，其间的荡气回肠，远胜于一些词句短章。

司马相如、扬雄、班固、张衡所撰写的大赋，亦有此番潇洒气韵。而赵壹、蔡邕、祢衡的小赋，则是另一种风情雅致。汉赋盛极一时，如烟花绽放，璀璨了大汉的天空，又美丽了以后许多光景。

左思费了十年时间，写成了《三都赋》。那时间，惹得洛阳纸贵，许多人竞相抄写，纸张供不应求。可谁又知道，在洋洋洒洒的大赋背后，隐藏了多少不为人知的故事。他苦集辞藻，阅览万卷之时，别人正在闲踏春花，静赏秋月。

“黯然销魂者，唯别而已矣！况秦吴兮绝国，复燕宋兮千里。或春苔兮始生，乍秋风兮暂起。是以行子肠断，百感凄恻。”江淹的一篇《别赋》，不知道牵动了多少人的情肠。以为看惯了人生聚散离别，当淡然心弦，可每次临别，总忍不住会黯然神伤。

就这么远去了，那些沉浸于汉赋里的时光。黯然销魂者，唯别而已矣。春去秋复来，时光还在，是我们在老去。回首处，还有谁一如既往地在那年相逢的路口将你等候？再长情的人，也有回不去的曾经。心静时，临一篇小赋，守一片流云，昨日的欲求，竟这般淡去了。

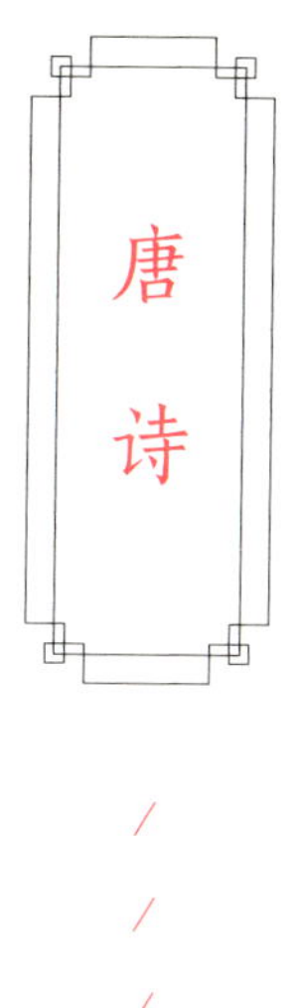

江南的春，似乎与别处总有一些不同。同样是姹紫嫣红开遍，却自有一种不可言说的风流韵致。如梦飞花，丝雨心情，虽然花事短暂，但终究比人长情。年年如约而至，看尽细水长流，信守地老天荒。

许多年前，有个叫杜牧的诗人写下诗句：“南朝四百八十寺，多少楼台烟雨中。”从此江南的春，总是萦着淡淡烟雨，如诗如画，美得令人神伤。这个季节，适合喝茶读书，温柔厮守，只争朝夕。

赏花。煮茗。折柳。抚琴。于这清平俗世，不知道还有多少人，会因为不能目睹长安古道那场繁花开落而感到遗憾。盛唐诗宴早已散去，曾经相约了同修共好的诗客，消失在茫茫岁月的风尘中。千古繁华，也只是瞬间幻灭，刹那云烟。那些意犹未尽的诗韵，在安静的时光里久久回响，似有若无。

唐诗，我在春天寻你，一如找寻前世那个作诗的自己。以为走过山长水远的日子，昨天的记忆该是杳无音讯，不留痕迹。看过多少物是人非的风景，到底还是放不下你。我与唐诗，不过在梦里有过相逢，年岁深久，总如初见。

在最美的年华，诗书相伴的光阴，谁曾幸免。有些人，原本并不相识，却因了一首诗，而相知如镜。诗言志，亦咏情，只需单薄的几个词句，就可以清澈地看到一个人的内心。唐朝，是诗的春天，万紫千红，开在长安城富丽的枝头，难舍难收。一如诗中所云："春色满园关不住，一枝红杏出墙来。"

最早的诗歌，见于西周至春秋时期的《诗经》。而后历经秦汉、魏晋南北朝。直至隋唐盛世，这个将诗歌演绎到极致的年代，后来竟再也没有遇见过这般诗意盎然的春光。这是诗的国度，似一个漫长的春天，从初唐、盛唐、中唐，再到晚唐，整整几百个年岁。回首处，却也只是几场人生聚散，几次山河换主。

以后的诗，无论怎么写，都消减了唐诗的大气、高贵、端然与惊艳。那个出口成诗的年代，被封存在一座叫作长安的城里，任何时候想起，都惊心动魄。而唐代诗人，犹如漫天星子，颗颗璀璨明亮。李白、杜甫、王维、白居易、李商隐，皆为举世闻名的诗客。

他们为了圆一场尊贵的梦，奔赴长安，醉于大唐天子脚下。这些诗人的仕途或许一波三折，但是他们于厚重的文史上，却留名千古。在这个灿烂的诗国，你可以不够富贵，可以没有权势，却不能缺少浪漫，丢了诗情。

杜甫作诗写李白：“天子呼来不上船，自称臣是酒中仙。”唐玄宗赏慕他的才华，愿陪他吟诗弄笛，醉酒欢歌，然李白有青云之志，始终不被君王所用。每日御前行走，不过是帝王的诗童，如此恩宠，非他所愿。不如仗剑江湖，漂泊天涯，做个风流潇洒的诗客。所以他生出那般感叹：“人生在世不称意，明朝散发弄扁舟。”

如果说诗仙李白是浪漫主义诗人，那么诗圣杜甫则属于现实主义流派。其诗风沉郁顿挫，忧国忧民，写下“安得广厦千万间，大庇天下寒士俱欢颜”的铿锵诗篇。他说：“鸿雁几时到，江湖秋水多。文章憎命达，魑魅喜人过。”

有诗魔之称的白居易，一生凌云之志，终付东流。在被贬为江州司马时，他写下千古长诗《琵琶行》：“同是天涯沦落人，相逢何必曾相识。”他亦是倜傥风流，为消人生愁烦，以伎乐诗酒放纵自娱。小蛮和樊素是他至爱的姬妾，他老时，曾遣散她们离去，不忍她们陪同自己受苦。一首《长恨歌》：“在天愿作比翼鸟，在地愿为连理枝。天长地久有时尽，此恨绵绵无绝期。”写尽了人间情爱，动人心肠。

山水诗人王维，以画入诗，以诗入画。在不经意的落笔间，总带着淡淡禅意，空灵流动。“明月松间照，清泉石上流。”“人闲桂花落，夜静春山空。”“行到水穷处，坐看云起时。”他的诗清新淡远，优雅脱俗，简约的笔墨，描绘出寂静幽清的画卷，悠然飘逸，令人神往。

曾经，诗成了生活中不可缺失的美丽。我们宠爱着它，依赖着它，亦沉醉于它风雅的意境里，难以自持。后来，那个离不了诗的年代，被时光的潮流所淹没，写于历史篇章中，徒留“此情可待成追忆，只是当时已惘然”的无限感慨。

告别了大唐盛世的漫天繁花，如何还能写出“千山鸟飞绝，万径人踪灭”的空旷意境，如何还有“相看两不厌，只有敬亭山”的痴绝。尽管后世再没有如唐人那般深情于诗，但从不敢遗忘，依旧执着痴迷于它的风采。宋元明清亦有绝代诗歌，有风华故事，但终少了那份端雅姿态，却有另一番世情况味。

想起《红楼梦》的大观园，住在里面的人，个个能诗会词，雅致多情。她们是一群幽居在绣户闺阁的女子，以诗为乐，以词寄怀。聪慧灵巧、绝世无双的林黛玉，高贵娴静的薛宝钗，锦心绣口的史湘云，还有气质美如兰、才华馥比仙的妙玉，以及探春、宝琴、香菱，都是诗样女子。她们起诗社，行酒令，和人间花柳青春做伴，消遣光阴。

曾经沧海难为水，除却巫山不是云。美好的时光，成了云水过往，多少故事，随着诗歌，还有那个春天的落花，一起埋葬。但我们依旧读诗、写诗、爱诗。那么多的风景等着你去追寻，那么多的人等着你去珍惜，当无惧尘世浊浪，否则与诗的相逢，又隔百年。

吃酒赏花，吟诗听曲。倘若你执意做个闲逸之人，甘守寂寞，时光亦会对你宽容。“触目横斜千万朵，赏心只有两三枝。”世间风物，总有一些，可以碰触你心底的柔软。阳光下打盹，细雨中漫步，夜灯下读书，或枕着幽窗入睡，梦回一次长安，和某个诗客，裁景对句，片刻光阴即作一世。

或许平生从未真的遇见，字里相逢，也是缘分。想来无论在哪个朝代，都可凭借一首诗、一阕词、一段曲，心意相通。如此我便安守人生，枯荣随意。做一个秋水女子，在温和的时光里，和幸福，双双终老。

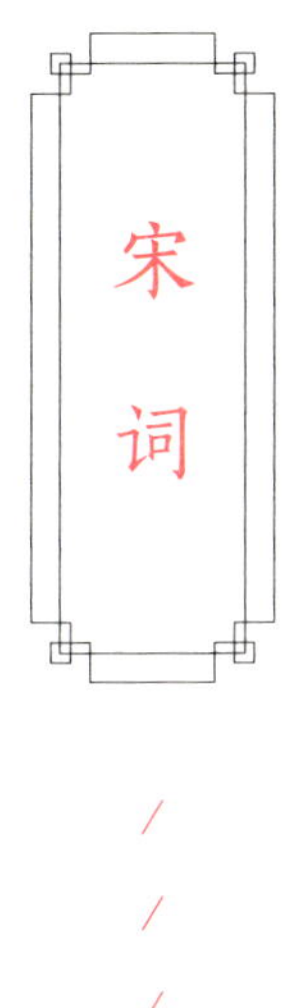

想来，我定然是错生了年代，不然为何每次翻开宋词，都有种似曾相识的亲切感？仿佛我的记忆，装满了与这个朝代相关的明丽景象。宋朝，一个滋长着性灵，书写着柔情的时代。不知道，那婉转了千年的辞章，和这莺歌燕舞的春光相遇，会是怎样的模样？

倘若是宋朝，我不愿做那朱楼绣户的侯门千金，只愿做一个守着柴门篱院的农女。在春暖时节，种几树桃柳，等候赴京赶考的书生，拿自酿的梅子酒，和他们换几卷诗词。始信，再繁盛安稳的朝代，都会有不合时宜的悲哀。唯有远离红尘乱世，劈田筑篱，和某个有缘人执手相看，平淡一生。

词，在美丽的宋朝，若似锦繁花，不可收拾。它在每个宋朝人的心底，种下了伤感与柔情，以浪漫典雅的姿态，装点着他们的故事和梦。无论他们在这个朝代充当怎样的角色，是文人，是渔郎，是佳人，是浣女，都固护着词的美丽和风雅。

而我亦想将心灵投宿在宋朝，用尽所有时光做抵押，只为了找寻那段消逝数百年的风景。在宋朝，今生的故事慢慢消瘦，前世的记忆渐次丰盈。也许我和每个宋朝人一样，沉醉在南唐后主的词卷墨香中，不能醒转。看那落梅如雪乱，拂了一身还满。

或许，我是东坡居士词里的佳人，在春光明媚的墙院内，荡着秋千，让墙外多情的行人，从此为我魂牵梦绕。又或是易安的闺中知己，与她同船共渡，在莲塘举杯邀月，畅饮过往。再或许，我是镜湖之滨的浣纱女，陪着那位不取封侯，独做江边渔父的陆放翁，一起闲看山水，静守日落烟霞。

宋人张炎说："簸弄风月，陶写性情，词婉于诗。盖声出于莺吭燕舌间，稍近乎情可也。"所谓诗言志，词言情。词在众生心里，多为伤春悲秋、风花雪月、离愁别绪之调，少了几许旷达奔放的气势。直至苏轼，他舒展了词境，将自身的学问见识、豪情襟怀融于词中，一改往日婉约词风，让词多了一种豪放的格调。

他一曲《念奴娇》，“大江东去，浪淘尽、千古风流人物”，瞬间放大了天地景象，逸怀豪情感染了无数看客。他声情悲壮地写下“人有悲欢离合，月有阴晴圆缺，此事古难全”。他亦有婉约之时，曾为怀念亡妻王弗，吟咏一首《江城子》：“十年生死两茫茫。不思量，自难忘。千里孤坟，无处话凄凉。”自此成为历史上最悲伤、最感人的悼亡词。

词的婉约，终归多于豪放。宋时词人，每日纵情风月，饮酒品茶，填词写令，听戏赏舞。待梦醒之时，再感叹流年易逝，韶华老去，误了秦楼之约，负了佳人。名利于他们，或许亦很重要，到后来，渐渐成为一种束缚，一份随时愿意放下的包袱。

人间功贵，不及情场里一个虚假的诺言。壮丽河山，比不得倾城女子的一笑一颦。后来，他们学会了在词中归隐，忘记了易碎的人生和多变的世事。奉旨填词的柳三变，远离仕途，将自己寄身于秦楼楚馆，倚红偎翠，忍把浮名，换了浅斟低唱。

文人都有一颗善感的心，在四季变迁、人生离合里，留下无数惊艳之笔。婉转、伤情、凉薄，又耐人追味。李清照轻解罗裳，独上兰舟，写下“此情无计可消除，才下眉头，却上心头”。晏殊自斟自饮，独自徘徊在小园香径，感叹“无可奈何花落去，似曾相识燕归来”。

柳永在烟光残阳下，凭栏远眺，不惧相思消磨，只道是：“衣带渐宽终不悔。为伊消得人憔悴。”就连豪放词派的主角辛弃疾，也曾一改往日的旷达，在阑珊灯火下，寻觅梦里的伊人。一句“众里寻他千百度。蓦然回首，那人却在，灯火阑珊处”，不知令多少人为之魂牵梦萦，频频回首。

还有一位远在客船上的词人，感叹着“流光容易把人抛。红了樱桃，绿了芭蕉”。庭院深深，关住了多少寂寞灵魂。一声“泪眼问花花不语，乱红飞过秋千去”，勾起千丝万缕的情绪，落花如雨，低诉衷肠。

秦少游说：“两情若是久长时，又岂在朝朝暮暮。”可世间多少痴男怨女，期待着柔情似水，愿与爱人执手，地老天荒。“走来窗下笑相扶，爱道画眉深浅入时无。”那些对镜画眉的日子，已然成了往事。到最后，深刻的爱恋，终抵不过锐利的时光。秋去春来，只剩下

“落花人独立，微雨燕双飞”。

一首词，看似简单的几个字，却像一部漫长的戏剧，有情节，有悲喜。繁华世界，众生纷纭，多少阴晴冷暖的故事，被编入词谱里，传为后世佳话。这个叫宋的朝代，因为数百个词牌，从此温柔而多情。

一首词换一壶酒，一卷书换一座城的宋朝，真的走远了。之后的元明清，以及当世，仍有许多文人填词作令，却再也无法与之争奇斗妍。是春天不够鲜妍吗？是月亮不够清澈吗？还是山水不够明净？又或是词客少了一点雅兴？

都不是。或许，词只适合生长在宋代，如同诗只和唐朝结缘。诗和词，在不属于自己的朝代里，总是少了几分风姿与性灵。想来，一字一句自有前因，一草一木皆有果报。宋词之所以被世人追捧，是因为众生有情，难免被那些柔软的句子打动，不能自已。

“此去经年，应是良辰好景虚设。便纵有千种风情，更与何人说？”任何时候，宋词都带着一种感伤的温柔、美丽的诱惑、孤独的典雅，看似漫不经心，却早已摄人魂魄。尽管，我亦时常会误入宋朝，陷在一阕词境中，忘记归途，但最后还是走了出来。

或许，我终究只是一个淡若清风的女子，活在当下，安于今朝。偶尔在某个落花飞雨的时节，捧一卷宋词，闲看流云，静待秋水。

无须承诺，不守天荒。一如苏子在词中所云：回首向来萧瑟处，归去，也无风雨也无晴。

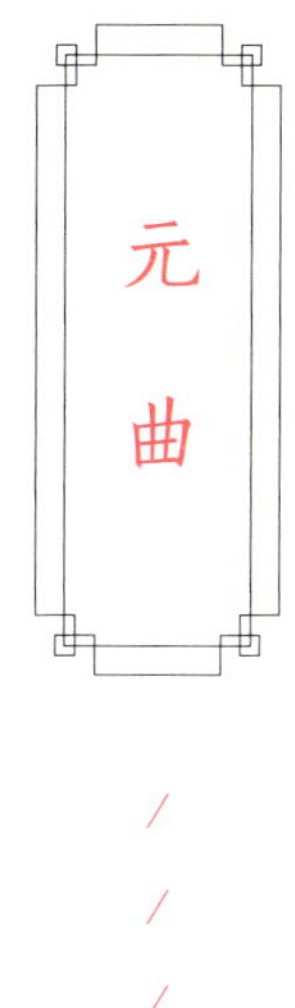

元曲

真的，春天很短。踏雪寻梅的故事，仿佛还在昨天，今日已是蝶舞花飞，落红铺径。那一叶兰舟，在夏日的渡口等候，和我同船的人，是否依旧如故？韶华太过匆匆，多想安静缓慢地将日子过完，在湛湛晴光下，学庄周梦一回蝴蝶。于清浅午后，写几首小令，唱一段小曲，直到日落风息，月上柳梢。

世间最美的，竟是四时流转，光阴飞逝。元曲名家马致远吟道：“百岁光阴一梦蝶，重回首往事堪嗟。今日春来，明朝花谢，急罚盏夜阑灯灭。”那只庄周幻化的蝶，穿过云水千山，又落入了词曲里，编成了故事。既知流光短如春梦，须趁花谢之时，相邀饮酒行令，醉到夜深更残，终不负那似水辰光。

《西厢记》有词云：“花落水流红，闲愁万种，无语怨东风。”竟恍然从梦里出离，一时看芳菲落尽，万般惆怅，无主断肠。人生终是一场戏，姹紫嫣红为哪般？你看那戏台繁华如昔，戏中人物，演绎的也只是聚散悲欢。生末净丑，不过为命运安排，多少山盟海誓的情话，都只是戏里唱白，转身之后，再相逢，有多少人可以从容相待？

记忆中的元曲，只是民间流行的小令，街市传唱的小调。没有唐诗的沉稳奔放、厚重大气，亦无宋词的绚丽婉转、风情别致。后来在清闲无事时捧读几章，方知其间滋味，竟如痴如醉，内心千回百转。有如林黛玉初读《西厢记》，深深吸引她的，并非只是剧里的情节，更为书中的锦词佳句。

元曲盛于元代，元杂剧和散曲合称为元曲，采用北曲为演唱形式。散曲为元代文学主体，看似与词接近，然词典雅含蓄，曲通俗活泼。诗词严谨，端然婉约；散曲自由，朴素清新。元杂剧的成就，远胜于散曲，曾一度响彻大江南北的舞台，亦是古文化史册上，一页优雅的篇章。

散曲里亦有风景如画，马致远的那首《秋思》，道尽了多少羁旅过客的悲欢。“枯藤老树昏鸦，小桥流水人家。古道西风瘦马。夕阳西下，断肠人在天涯。”短短几十字，似秋日云彩，淡写轻描。枯藤老树、流水人家、古道西风、瘦马斜阳，都是天涯穷途的风景。后来，我曾无数次邂逅过曲中景象，独立秋风残阳中，回望茫然天地，苍凉到无处归依。

还有一位元曲家白朴，他笔下的秋，又是另一种孤独。“孤村落日残霞，轻烟老树寒鸦，一点飞鸿影下。青山绿水，白草红叶黄花。”依稀记得儿时乡村，深秋的黄昏，日落烟霞，萧瑟老树上栖息几只寒鸦。袅袅炊烟，从黛瓦间升起，渐而隐没于苍茫的天空。后来再也没有见过这样的秋景，只能在古朴的辞章曲文中，读到几缕旧时的烟火，落日人家。

元曲里的秋，也有如宋词那般婉转多情、柔软似水的文字。“一声梧叶一声秋，一点芭蕉一点愁，三更归梦三更后。落灯花棋未收，叹新丰孤馆人留。枕上十年事，江南二老忧，都到心头。”徐再思的夜雨，浸润了古卷书页，从字里漫溢而出，让那场元代的梦也泛了潮。灯花垂落，残棋未收，回首十年风雨孤程，梦不完的，依旧是江南故里。

最让人魂牵梦萦的当为元杂剧，将人生山水、世事百态，搬上锦绣万千的舞台。那是一幅百看不倦的《清明上河图》，每个人都可以在戏中找到自己，寻到一段与自己相关的情缘。而后忘记你为之悲喜、为之叹惋的，只是沉浸于戏梦里的情节。霎时间，生生把假作了真。素日里隐藏的情感，此刻竟如玉泉奔流，不可抑制。

黛玉读罢《西厢记》，心中再也无法回到往日的洁白宁静。那日她进潇湘馆，见满地竹影参差，苔痕浓淡，不觉想起《西厢记》中所云："幽僻处可有人行，点苍苔白露泠泠。"并由此冷落于幽清之境，感怀自己的身世。"双文，双文，诚为命薄人矣。然你虽命薄，尚有孀母弱弟；今日林黛玉之命薄，一并连孀母弱弟俱无。"黛玉自比莺莺，亦想传达她心底的爱情弦音。她自知纵有倾城容貌、万般柔情，亦无人能为之做主。

崔莺莺在西厢后院抚琴对月，张生翻墙而入，幸有红娘为媒，有情人得以同罗帐，共鸳枕。多少寂寞相思，都只为这人间风月，云雨巫山。林黛玉抚琴于潇湘馆，贾宝玉纵是听得懂冰弦之音，亦不敢越世俗藩篱，与之鸳帐戏清欢。剧本原本只是为别人量身定制，是悲是喜，皆源于作者的安排。王实甫给了崔莺莺一个圆满的结局，而林黛玉却被曹雪芹的笔，画上了一笔缺憾的美丽。

私订终身，是元杂剧里敢于落笔的情节。白朴的《墙头马上》，亦成就了一对同盟鸳侣，剧情一波三折，虽梦碎断肠，终破镜重圆。三月的洛阳，名园佳圃里已是姹紫嫣红。裴少俊奉唐高宗之命，前来洛阳，选拣奇花，买花种子。这位自京师打马而来的俊朗少年，恰遇了在后园赏花、春心萌动的洛阳总管之女李千金。

他打马园外，玉树临风，俊美非凡。她倚笑墙头，雾鬓云鬟，恍若仙人。仓促邂逅，顾盼生情，便有了白首之约。李千金效仿卓文君，与裴少俊私奔，一别洛阳，来到长安整整七载。数年光阴，裴少俊将她私藏于后花园，画地为牢。她为他生育一子一女，不求名分，以为可以安稳一生，却东窗事发，被裴尚书驱赶。李千金被迫离了儿女，孤身回洛阳，花城依旧，物是人非。

父母亡故，李千金守着薄弱的家业，孤独度日。每至春回，李千金总会想起当日墙头马上之景，奈何竟成了这般模样。她叹："怎将我墙头马上，偏输却沽酒当垆。"她没有输，后来裴少俊中进士，任官洛阳令。裴尚书知李千金乃名门之女，悔不当初，亲自登门赔礼。李千金割舍不了一双儿女，遂与裴少俊相认，她终于走下舞台，开始真实的人生。

郑光祖的《倩女离魂》，竟是另一种悱恻缠绵。那多情的倩女，为追随情郎王文举，一病不起，使得灵魂出体，伴他赴京赶考，行遍山水，踏碎月华。“只见远树寒鸦，岸草汀沙，满目黄花，几缕残霞。快先把云帆高挂，月明直下，便东风刮，莫消停，疾进发。”二人天涯相伴，风雨同舟。

如此三载，其身卧于床榻，淹煎病损，其魂随王文举远赴京城，状元及第。两个佳人最终合为一体，离魂的倩女方得以重生。后来明代戏曲家汤显祖的《牡丹亭》，亦有了这么一出离魂的戏。戏中的女主角杜丽娘为情而死，又为情而复生。爱情于他们，原来只是一场梦，梦里梦外，生生死死，离不了的总是情。

元代戏曲家关汉卿曾这么说过：“我玩的是梁园月，饮的是东京酒，赏的是洛阳花，攀的是章台柳。”多么曼妙闲逸的人生，令元代那个原本并不浪漫的时空，流转着无法排遣的风情。而作为看客的你我，亦想穿过岁月的长廊，听一场无关生死、只关风月的戏。

我是离魂的倩女，空误了幽期密约，虚过了月夕花朝。在楼台碧波下，跳一曲惊鸿照影。我是那场风华戏里，顾影自怜的青衣，春宴早已散场，待唱完那出折子戏，便安静离去，不说归期。

第三卷

一剪梅花一溪月

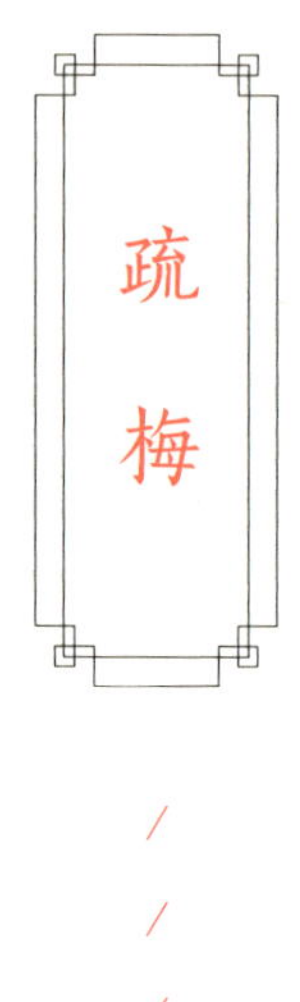

疏梅

/

/

/

一窗雪花，几枝寒梅，尘世的清苦与荣华，都被关在门外。暗香拂过，落在江南青瓦黛墙上，瞬间有了唐宋韵致。一时心中无句，只好研墨铺纸，信笔点梅，在疏影斜枝中，独守一个人的简净时光。

曾经，我与梅结下一段不解尘缘，当然，雪花是月老。世间百媚千红，我却独爱风雪中一剪梅花的清逸和风雅。无论是生长在山林空谷的梅，还是种植在驿外断桥的梅，又或是坐落于庭院清阁的梅，总能穿过尘世的喧嚣与繁华，自持一份冰清和雅洁。而我内心深处，有一朵梅花，伴随我经过十数载春秋岁月，一直波澜不惊，平静安然。

时间走过的地方，成了回忆。我们可以在清闲无事时，偶然记起一些片段，却不必回头追赶。都说红尘如戏，可到底还是要在人群中谋生，在岁月遗留的缝隙里，找寻幸福。就连那剪清寒的瘦梅，亦不能随心所欲，见世间想见之人，观天下愿观之景。

古人的梅，有一种天然随兴的淳朴与雅逸。千百树梅花，在风雪中竞相绽放，茕茕傲立，不染铅华。我愿化身为读经的老僧、对弈的高人、吟咏的墨客、抚琴的美人、伐薪的樵夫、垂钓的渔翁、浣纱的村妇、弄笛的牧童，与她有无数次不同境遇的相逢。盼着有一日，相聚于古道柴门，烹火煮茶，赏梅观雪，共有一段屋檐下的光阴。

今人的梅，则多了一份金风玉露的修饰与删改。这种看似刻意、实则无心的安排，只是为了让身处烦嚣的众生，有一个可以和心灵对话的知己。茅舍一间，梅树几株，三五雅客闲坐品茗，笑谈古今。还有几位穿着汉服的佳人，来一曲琴箫合奏。到这儿的人，会觉得世界真的很小，只有这么一个地方，可以彼此省略问候，不提过往，忘记来路，不知归途。

读过许多咏梅的诗句，那些看似婉转清扬的花朵，总蕴含一份冷月的孤独。而梅在不同诗人的笔下，有了不同的风骨和傲气，也有了不同的性情和命运。世人爱梅，是觉得梅在烟火人间，有一种与世隔绝的空灵和纯净。繁闹疲倦时，梅有如素影清风，片刻便让你安静下来。寂寞无依时，梅宛若亲友良朋，与你相知如镜。

南北朝时，陆凯曾写诗赠范晔："折花逢驿使，寄与陇头人。江南无所有，聊赠一枝春。"折梅寄友，借此物来传递他们高雅的情谊。无须太多珍重话语，将所有祝福与思念，都托付给一枝梅花。以后离散天涯，凭借她的消息，便知又是一年花枝春暖，相逢只在朝夕。

唐人王维写下"来日绮窗前，寒梅著花未？"的诗句。这个诗中有画、画里含诗的雅士，用禅意轻灵的口吻询问梅花，读来倍觉闲淡清绝，异趣横生。他眼中的梅，不仅有清贞优雅的人格，还可以为之传情寄意，推心置腹。梅花被其赋予了生命，仿佛在某个月夜，会幻化为白衣仙子，与他交杯换盏，琴瑟相谐。

更有唐玄宗之宠妃江采苹，爱梅如痴，在其寝宫周边，栽植梅树。每到寒冬时节，梅花绽放，江采苹在梅树下跳一曲《惊鸿舞》，赏花赋诗，怡然自得。玄宗见其红粉淡妆，清丽脱俗，丰神秀骨皆有梅花姿态，便册封其为梅妃。这一清雅别致的封号，终唐一世，便再也没有帝王封赏给任何佳人。

南唐后主李煜笔下则是“砌下落梅如雪乱，拂了一身还满”。如果他不是帝王，或许这一生，可以和一位才貌双绝的佳丽，填词作赋，折竹吹笛，双双老死在梅树下。可他却做了亡国之君，成为俘虏，被孤独地软禁在汴京城内。曾经在枝头语笑嫣然的梅花，已纷落如雪，如同他的红颜知己周后，香消玉殒在故国的河山里，永无归期。

可宋人陆游却说：“寂寞开无主……零落成泥碾作尘，只有香如故。”此后，梅花有了不死的灵魂，因为纵然零落成泥，其芬芳依旧如故。梅之幽香，浓而不艳，冷而不淡，清而不散，经寒雪酿造，香味飘忽，沁心入骨，耐人寻味。她甘守寂寞，不惧风尘无主，宁可孤芳自赏，不愿与世同步。

宋人爱梅，已成风尚。有梅妻鹤子之称的林逋，其隐士风姿和遗世独立的梅花有异曲同工之美。一句“疏影横斜水清浅，暗香浮动月黄昏”，成为咏梅绝唱。群芳谱里，百花之魁的梅花，有了更为迷人的清韵和气节。小园之中，独梅凌雪绽放，疏影横斜，古雅苍劲，风姿绰约，暗香萦怀。

梅花在《红楼梦》里，是美人，亦是高士。那几树红梅，落在大观园的栊翠庵里，被带发修行的妙玉悉心照料，也算是结了佛缘。那日芦雪广中即景联句，吃酒烤肉，独妙玉一人清守佛前，禅坐诵经。后来宝玉联句落第，被罚到栊翠庵乞折红梅，并赋一首咏梅的七律。“槎枒谁惜诗肩瘦，衣上犹沾佛院苔”的悠然禅意，令人百般回味。原来，生于佛院的梅，更是幽独娴静，冰骨无尘。

无论是“惆怅后庭风味薄，自锄明月种梅花”的归隐田园之淡泊，还是“明月愁心两相似，一枝素影待人来”的相思的况味，梅花诗词已成为文史里的一株奇葩，在淳朴日月里，有着不可忽视的旷远风雅。春秋更替，江山换主，多少人事皆非，那树梅花，年年如初。她陪伴芸芸众生，在红尘中，过着布衣简食的日子，平淡安然。

直到后来，清末的龚自珍写了一篇《病梅馆记》。他觉得从古至今，梅花被文人画士摧残，被世俗凡夫相欺，给折磨病了。他购买了三百盆梅，全是病梅，看着它们被束缚，不忍为之落泪。于是他起誓要治好这些梅花，找回从前的天然本性。但这世上梅树万千，他又如何能够有闲置的田地，宽敞的梅馆，来储藏这些江南病梅。也许耗尽一生的时光，也无法为它们疗伤，将其治愈。

想必是这位老者太过爱梅、惜梅，他的执着，是为了让梅花可以在风雪中尽情绽放。却忽略了，梅花有着坚韧的节操，它可以傲骨嶙峋，坚贞不移；亦甘愿为世人低眉折腰，零落成尘。不然，落花流水去后，又何来青梅煮酒的风雅乐事？我相信，不论是山林里的野梅，还是庭园里种植的梅，都一样玉洁冰清，娴静冷艳。

有人问，你来世愿做什么？我说，愿做一株清瘦梅花，开在寒山幽谷，与雪夜白狐，一起等候采药的仙翁、云游的高僧，和每一位看风景的过客。如果有一天，你是那位走失迷途的路人，只需折一枝素梅，我必与你温柔相认，当作远别重逢。

人情有如红梅白雪，世事不过净水清风。也许我们都该学会，像梅花一样在风尘中修炼，看尽繁华变迁，风骨依然。

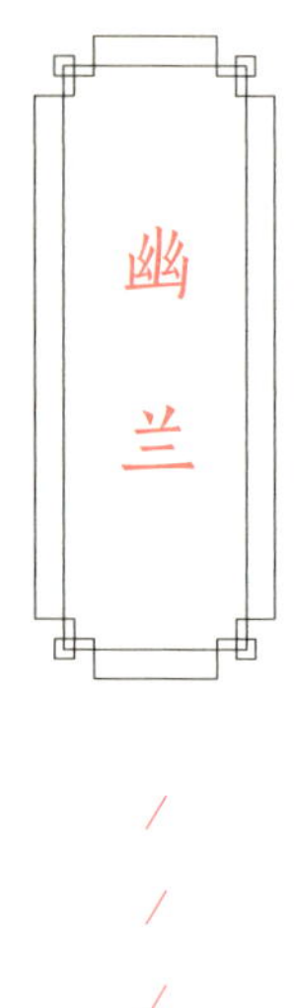

幽兰

如水春夜，于窗下静坐品茗，留声机里低唱着流年。一缕兰草的幽香随微风拂过，吹醒许多遗落的往事。荏苒岁月，此刻竟如此漫不经心。深沉暮色，暗淡光影，不减其绰约风姿，旧时颜色。

记忆中的兰，应该是抛弃了尘世一切荣华，放下了情感和执念，辞别故人，独自幽居在深山空谷。偶有打柴的樵夫，寻访仙药的老者，或是云游的僧道，才能与她相逢。凡尘中的你我，远隔万里关山，何处寻觅芳踪。

有人说，真正的空谷幽兰，如隐士高人，但闻其香，不见其身。

于我眼中，兰蕙是最清雅，亦是最平凡的草木。她纤柔无骨，温婉灵秀，无有冷傲姿态，只留醉人芬芳。也许兰草本无心，不喜聚散，是世人对她有了太多期许，太多珍爱。

兰，香草也；蕙，薰草也。兰是灵性之花草，若绝代佳人，藏于幽谷，出尘遗世。有缘之人，总能在无人问津的角落将之寻找，闻其淡雅芬芳，赏其秀美幽姿。无缘之客，纵是跋涉山水，行至穷途，亦不能见其芳容。

后来，兰流于世俗，得见于寻常巷陌，市井人家。从寂寞山林，迁至百姓宅院，学着与这世界相处，倒也从容如风，不与百花争色。多年来，世人爱兰，将其移栽盆中，细心料理，或置于亭台，设于园内，供客观赏。兰不娇媚，不世故，零落红尘，仍带着不经世事的飘逸和优雅。

你情深若许，她淡然如初。你以为一旦别后，山长水阔再难重逢，谁知她却在人生必经的路口，悄然独立，低眉含笑。兰花以最简单的姿态，于人间安门落户，又总不似烟火中的草木。她无意光阴枯荣，倦看人世消长，你对她坦露心迹，絮说旧事，她心意阑珊，清淡无言。

孔子爱兰，寄情于兰草，以兰的风雅自持，修养心性。他曾说：“芷兰生幽谷，不以无人而不芳，君子修道立德，不为穷困而改节。”花中君子，内敛高洁，纯和幽远。深山空谷中，斜阳夕照下，自有一段风流况味，耐人追忆。

勾践种兰，于渚山上，遍植兰草。明万历年间《绍兴府志》记：“兰渚山，有草焉，长叶白花，花有国馨，其名曰兰，勾践所树。”想来兰草的遗世空寂，令勾践学会了隐忍安静。他十几年卧薪尝胆，假装五蕴清净，非凡人所能做到。当他挥袖征伐，三千越甲吞吴，收复河山，涅槃重生，是否还记得渚山上，那宠辱不惊的兰草?

屈原佩兰，是为了自喻高洁的情操。人间草木无数，他以兰为挚友，认兰作知音。他在《离骚》《九歌》《九章》许多诗篇中，写到自己如何爱兰、种兰、佩兰。“余既滋兰之九畹兮，又树蕙之百亩。畦留夷与揭车兮，杂杜衡与芳芷。”“扈江离与辟芷兮，纫秋兰以为佩。”山河瘦，世情薄，幸有兰蕙，伴他放逐天涯，免去一人汨罗江畔，独自沉吟。

郑板桥画兰，自称“四时不谢之兰，百节长青之竹，万古不败之石，千秋不变之人”。他心系天下农人，将真情著以笔墨，诗画一体。他说："凡吾画兰、画石，用以慰天下之劳人，非以供天下安享之人也。"如此高尚襟怀，使得他的画作更加生动逼真。"石上披兰更披竹，美人相伴在幽谷。试问东风何处吹？吹入湘波一江绿。"不知道，有一天那采兰佩兰的美人，能不能从画里走出来，伴他坐饮到中宵？

古琴曲《幽兰操》传为孔子所作，他称兰为王者之香，虽隐居幽谷，仍清芬怡人。兰花有如孔子的人生写照，以达观平和的处世之态，面对风霜雨雪。唐代诗人韩愈亦作过一首《猗兰操》，以唱和孔子。

"兰之猗猗，扬扬其香。不采而佩，于兰何伤。今天之旋，其曷为然。我行四方，以日以年。雪霜贸贸，荠麦之茂。子如不伤，我不尔觏。荠麦之茂，荠麦之有。君子之伤，君子之守。"淡淡琴音，似见幽兰在微风中轻轻摇曳，纤柔的叶，娇嫩的朵，清雅飘逸。兰之芬芳，远而不淡，近而不浓，唯有君子，将其采摘佩戴，爱不释手她的美。

唐代李白有诗吟："幽兰香风远，蕙草流芳根。"道出了兰蕙内敛含蓄的优雅气质，若他一生漂萍踪迹，终不改当日情怀。"山中兰叶径，城外李桃园。岂知人事静，不觉鸟声喧。"王勃的兰，亦是隐于山间，不与城外桃李争华年。万物昌盛有序，她自安于宿命。

苏轼诗云："春兰如美人，不采羞自献。时闻风露香，蓬艾深不见。丹青写真色，欲补离骚传。对之如灵均，冠佩不敢燕。"东坡居士的春兰美人，如今只能在梦里才得以倾心相识。这一生，他有三位兰草知己，陪他煮雨说禅，共苦同甘。到后来，虽各自离散，红颜成白骨，却也是他的造化。

宋代是兰艺的鼎盛时期，许多书籍对兰有过描述记载。宋代罗愿的《尔雅翼》有"兰之叶如莎，首春则发。花甚芳香，大抵生于森林之中，微风过之，其香蔼然达于外，故曰芝兰。江南兰只在春芳，荆楚及闽中者秋夏再芳"之说。明清两代，兰花品种增多，昔日幽谷的兰，被移植庭园，成了众生观赏之花木。

兰可入药，明代李时珍《本草纲目》记载："兰草，叶气味辛、平，无毒。""其气清香、生津止渴，润肌肉，治消渴胆瘅。"兰花亦可助茶，采摘春兰洗净晒干，煮茶时放几朵于杯中，美丽非凡，清芬绝代。

兰花品种日益增多，主要有春兰、蕙兰、建兰、寒兰、墨兰、春剑、莲瓣兰七大类。供人观赏的园艺品种，更有百千，万般姿态，只待惜花之人呵护终老。她虽不居深谷，却依旧纤枝柔软，神情悠然。

人间风物，皆有灵性。每个人的前世，都是一株草木，今生你钟情的，必是前世的自己。兰在我心中，如她于世间的姿态，浓淡相宜，聚散由心。她不曾惊艳于我，却伴我走过青丝韶华。

月下幽兰，芬芳遗世。我喜爱她，爱她的柔情素心，亦爱她的春水清颜。

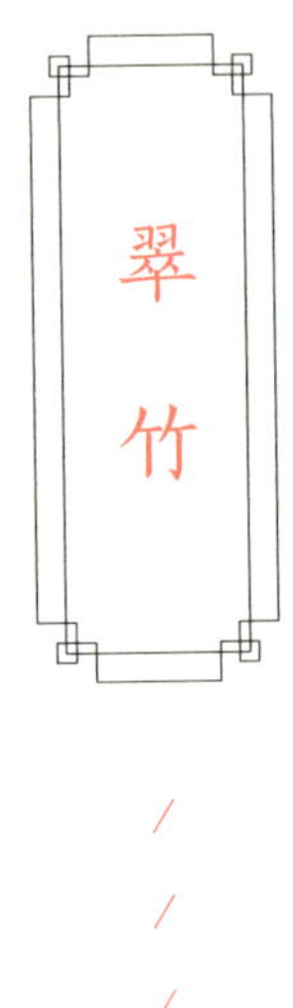

翠竹

暮春时节，满城飞花，醉舞红尘，却也飘零无依。唯翠竹独姿于庭院，静处于山林，由来不惧四季更迭，岁月相催。光阴迟暮，流年推杯换盏，竹从遥远的秦汉魏晋飘然而来，一袭翠衣，不改清俊风骨。

陌上客，缓缓归。有人倚着柴门，看尽人间芳菲；有人听雨楼台，追忆风华年少。有人打马天涯，萍踪浪迹；有人迷途知返，安身立命。静水深流的时光，不肯让步，你看似潇洒轻逸，玉润朱颜，转瞬便鸡皮鹤发，伛偻嶙峋。

此刻，远山如黛，翠竹萧萧，几点疏淡的笔墨，描摹意味深长的人生。我以为，最美的日子，当是晴耕雨读，观鱼听鸟，任窗外花开花落，云来云往。春景最是虚实相生，看似姹紫嫣红，喧闹无比，却又繁花疏落，饮尽孤独。

儿时在乡间长大，记忆中的竹遍植山野，肆意生长，随处可见。它大气、清朗、洁净、有序。折竹为食，削竹为笛，伐竹为舟，砍竹为薪，如今被视作风雅之事，那时太过寻常。后来，迁徙都市，偶见邻家庭院栽种几竿修竹，倍加珍视。原来竹不喜人流如织，只爱隐隐青山，悠悠绿水。

万物无常，没有谁可以孤标傲世，永远浑然天成。读罢几卷诗词文章，觉得竹应该像一个虚怀若谷的高士，带着几许禅道的意味，明净透彻，洞悉世事。然而它遗落红尘，做俗世雅客，同样从容旷达，淡泊高远。它质朴清白，洒脱飘逸，自古以来赢得世人喜爱。

佛教里有个竹林精舍，为中印度摩揭陀国最早之佛教寺院。迦兰陀长者所有，以盛产竹之故，名为迦兰陀竹园。释尊经常住在此处说法，那儿的竹，也沾了佛的性灵和善怀，清醒与慈悲。

王徽之爱竹，《晋书》载："时吴中一士大夫家有好竹，欲观之，便出坐舆造竹下，讽啸良久。主人洒扫请坐，徽之不顾。将出，主人乃闭门，徽之便以此赏之，尽欢而去。尝寄居空宅中，便令种竹。或问其故，徽之但啸咏，指竹曰：'何可一日无此君邪！'"

魏晋时，嵇康、阮籍、山涛、向秀、刘伶、王戎及阮咸七人，为逃避司马氏和曹氏的政权争斗，常聚于竹林之下，饮酒纵歌，肆意清谈，故世谓"竹林七贤"。他们弃经典而尚老庄，蔑礼法而崇放达，寄情于山水，追求清静无为的散淡生活。嵇康抚琴，阮籍、刘伶等人有纵饮千杯，醉死便埋的放达与佯狂。

那是一段美好的光阴，饮宴游乐，畅然释怀。倘若放下执念，山水竹林便是他们此生的归宿。每个人，都可以遵循自然规律老去，葬于山林，天地为冢。但他们最终没能忘情红尘，逍遥世外，后来竹林梦碎，七贤离散。他们的故事，如同嵇康弹奏的一曲《广陵散》，于今绝矣。

竹，君子也。一为气节，二为虚心。白居易《养竹记》里言："竹似贤，何哉？竹本固，固以树德，君子见其本，则思善建不拔者。竹性直，直以立身，君子见其性，则思中立不倚者。竹心空，空以体道，君子见其心，则思应用虚受者。竹节贞，贞以立志，君子见其节，则思砥砺名行，夷险一致者。夫如是，故君子人多树之为庭实焉。”

庭院修竹，虽有日月清辉照料，亦需要呵护善待。那些深翠幽篁，萧萧俊骨，不为名利所累。他们翩然于世，亦感激世间有情人的知遇之恩。不然，纵是甘于寂寞，不在乎聚离，被遗忘在苔藓铺地的角落，不被赏识，也难免冷清。

最喜王维的《竹里馆》：“独坐幽篁里，弹琴复长啸。深林人不知，明月来相照。”一首简短的五言绝句，像一幅清幽宁静、高雅绝尘的水墨画。一个人，一张琴，一弯月，一片竹林。王维的诗总是这般情景相交，声色相容，动静相宜，虚实相间。每当我读起这首诗，总会想起多梦的从前，窗外清朗的月光，挂在竹梢，匝地琼瑶。

宋代朱熹吟：“客来莫嫌茶当酒，山居偏隅竹为邻。”朱熹爱茶，亦爱竹。他大半生在武夷山度过，那里山水秀丽，风景宜人。武夷山盛产名茶，朱熹不仅赏茶、品茶，还种茶、制茶、煮茶、斗茶、论茶、咏茶。想来那些折竹煮茶、守竹品茗的日子，是他平生最美的回忆。他曾有词吟：“何处车尘不到，有个江天如许，争肯换浮名。”可见那颗被茶水过滤的心，亦像竹一样淡泊明净。

“宁可食无肉，不可居无竹。无肉令人瘦，无竹令人俗。”此为苏东坡的咏竹名句，至今仍被爱竹的雅客传颂不已。这位才高千古的风流名士，一生潇洒多情，浮云踪迹。而他所到之处，暂居之所，必有修竹相伴。他栽竹种竹，与竹为友，过着闲云野鹤的生活。也曾为功名所累，但终究是性情中人，有着把酒问青天的豪迈与洒脱。许是与禅佛结缘，在竹的高洁风骨里，东坡居士得以证悟人生。

郑板桥爱竹画竹，每日对着山石翠竹，只觉光阴恬淡出尘。他写下处世警言“难得糊涂”，并提笔写道：“聪明难，糊涂难，由聪明转入糊涂更难。放一着，退一步，当下心安，非图后来福报也。”希望有那么一天，我们可以在他的一卷墨竹中，搁浅无处安放的灵魂。

古书《博物志》载“舜二妃曰湘夫人，舜崩，二妃以涕挥竹，竹尽斑”，故有了湘妃竹。而潇湘妃子则为娥皇和女英。后来，曹雪芹先生将这个美丽的名字，给了大观园的林黛玉，还给她居住的院落，赐名潇湘馆。潇湘馆内四季翠竹隐隐，无桃李争妍，更觉比别处清幽。

生性喜散不喜聚的林黛玉，此生为还泪而来，想来潇湘馆的竹，亦被她多情的眼泪染上斑驳的印记。多少个秋窗风雨夜，唯有一只鹦鹉、几竿修竹陪她挨过长夜更漏。原以为可以执手相依的人，生生将她辜负。说什么花柳繁华地，到底不是她的容身之所。临死前，她焚稿断痴情，或许潇湘馆的竹，是她尘世中唯一割舍不了的眷念。

人生一世，如镜花水月，今朝姹紫嫣红，明日已成梦幻泡影。与其追忆故园芳菲，莫如放下繁华，重觅一片竹海。一支瘦笛，一曲笑傲江湖。一弯冷月，一肩千古情仇。

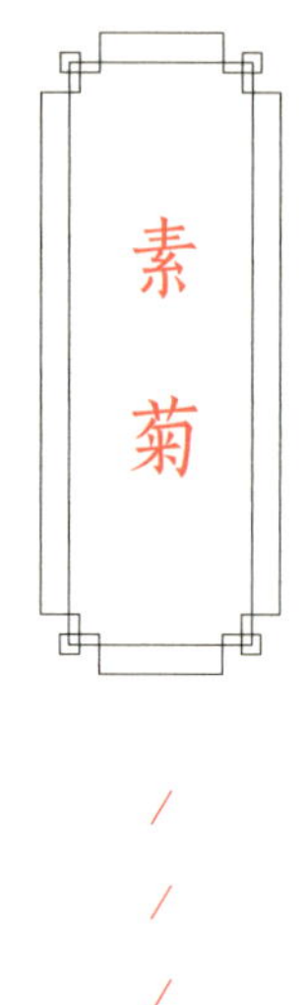

素菊

想起它，总是恬淡素净的，在霜降的清秋，黄昏的篱院，静静地生长。一瓣心香，几段心事，从不与人诉说。千百年来，多少文人墨客，将它引为知己，交付真心。它一如既往淡然平和，从容自若。它自知，世间缘分，有始有终，任何情感，都不可虚妄与沉沦。

往事如潮，总在善感之时忆起。犹记年少光阴，每次山间打柴或溪边洗衣归来，时见野菊开在驿路风中，不招摇，却醒目。一束白，一束黄，折于竹篮，或附于柴木的枝丫上，带回家寻个陶罐、粗瓷瓶，装点朴素的岁月。那时居住的老屋，青瓦黛墙，雕花的古窗下，摆放一束菊，和悠然踱步的白云，相安无事。

时过境迁，我经历了流转天涯的命运，故乡的菊，依旧开在山间东篱，悠然娴静。多少次夜阑更深，梦回故里，人事非昨。窗檐结了时光的网，桌几落了岁月的尘，唯有那一束瘦菊，安好在破旧的陶罐里，不问聚散，无有悲喜。

后读唐代司空图的《二十四诗品》中的《典雅》："玉壶买春，赏雨茅屋。坐中佳士，左右修竹。白云初晴，幽鸟相逐。眠琴绿阴，上有飞瀑。落花无言，人淡如菊。书之岁华，其曰可读。"

顿时只觉，天地有大美而不言，淡菊宁静而致远。母亲名字里，寄寓了人淡如菊这四个字。又见她淡看荣辱，冷眼繁华，处世淡定，平和简朴，确有了几分菊的内敛和典雅风度。苦短人生，被如刀的时光雕刻后，还能平静地看落花无言，心淡如菊，亦算修到了境界。

有些人，陪着走过人生的一程山水，便分道扬镳。而草木，不论你尊卑贵贱，从容东西，亦不肯离弃。人心薄寡善变，倘若真的无可交付之人，不如和草木，预约一段情缘。它虽无言以对，却与你朝暮成双。你鬓发成雪，它一如既往。你转身沧海，它静守天长。

《广群芳谱》说："九华菊，此品乃渊明所赏。今越俗多呼为大笑，瓣两层者曰九华，白瓣黄心，花头极大，有阔及二寸四五分者，其态异常，为白色之冠。香亦清胜，枝叶疏散，九月半方开。"

屈原的《离骚》诗曰："朝饮木兰之坠露兮，夕餐秋菊之落英。"他一生惆怅寥落，佩兰食菊，也算是做了一回人间雅客。曹魏大将钟繇之子钟会一生爱菊，曾撰《菊花赋》："何秋菊之可奇兮，独华茂乎凝霜。挺葳蕤于苍春兮，表壮观乎金商。"晋代孙楚《菊花赋》说："彼芳菊之为草兮，禀自然之醇精。当青春而潜翳兮，迄素秋而敷荣。"

最钟情于菊的，莫过于东晋的陶潜。一句"采菊东篱下，悠然见南山"，将世人的心，牵引至那山野田园，草木深处。而菊亦成了陶公红尘中唯一的心灵归宿，让他甘愿放弃仕途，做个隐士，安生烟火。陶潜爱菊，在家中庭院劈地种菊。兴起时，抚琴吟唱，一盏菊花酒，一首菊花诗，看云走鸟飞，此间真意，欲辩难言。

"芳菊开林耀，青松冠岩列。怀此贞秀姿，卓为霜下杰。"陶公对菊，从来都不惜笔墨。他修篱种菊，心有苦恼，便饮酒赏花。醉倒在菊花丛里，忘记人生失意和愁烦。梦里又误入桃源仙境，尘世的丝网和深潭，再也无法束缚他空灵缥缈的心灵。

《红楼梦》第三十八回林潇湘魁夺菊花诗，在咏菊诗会上，一共十二首菊花诗，就有五首与陶渊明相关。想来曹雪芹亦爱菊花，并借史湘云的灵巧，拟好诗题，用针绾在墙上让众人自选。再经潇湘妃子的才情，将菊花诗吟咏到精妙绝伦。她的《咏菊》“满纸自怜题素怨，片言谁解诉秋心”，《问菊》里一句“孤标傲世偕谁隐，一样花开为底迟？”，真将菊花问到无言。

曹雪芹用他的笔，塑造了一个清高孤傲、举世无双的林黛玉，却又让她处在孤独无依的贾府，一草一木皆由别人支付。他将自己的命运，赋予林黛玉，用菊花诗来表露对陶潜的倾慕。被俗务所缚的曹公，亦想学陶潜，归隐南山，漫步田园，和菊花朝夕相对，不睬世事。

唐代茶圣陆羽亦爱菊花，他居住之所种满菊花。皎然有诗《寻陆鸿渐不遇》：“移家虽带郭，野径入桑麻。近种篱边菊，秋来未著花。扣门无犬吠，欲去问西家。报道山中去，归时每日斜。”偏远的野径人家，篱边遍植未开的菊花，而主人去山中寻僧问茶，归来已是日暮西斜。菊的傲世独立，茶的幽淡清远，亦是陆羽的风骨与性情。

唐人元稹的一首《菊花》，是我甚为喜爱，亦觉有情韵的诗。“秋丛绕舍似陶家，遍绕篱边日渐斜。不是花中偏爱菊，此花开尽更无花。”秋日黄昏，倚篱赏菊，诗境如画，令人神往。

古人重九之日，不仅登高饮酒，亦采菊簪菊。“江涵秋影雁初飞，与客携壶上翠微。尘世难逢开口笑，菊花须插满头归。”杜牧的诗，则是写他在重九之日，登高远眺秋水长天，欣喜之时，将折来的菊花插在鬓上，增添乐趣。孟浩然的《过故人庄》，一句“待到重阳日，还来就菊花”，写尽了他对田园闲适生活的向往。菊花，这重九之草木，已成了不可缺失的风景。

“宁可抱香枝上老，不随黄叶舞秋风。”这是宋代才女朱淑真笔下的菊花，道出菊的风流傲骨。而她又何尝不是那朵临霜不凋的冷菊，为守情怀，在词中断肠死去。她本才貌双全，奈何所遇良人不解风情。她叹：“东君不与花为主，何似休生连理枝。”后来，她在美丽的年华里决然离去，终不肯委曲求全，与红尘相依。

宋时陆游有收菊作枕的习惯，他在《剑南诗稿》中写道：“余年二十时，尚作菊枕诗。采菊缝枕囊，余香满室生。”菊不仅清香宁神，亦为药之上品。《神农本草经》中记载菊“久服利血气，轻身耐老延年”。

“浮烟冷雨，今日还重九。秋去又秋来，但黄花、年年如旧。平台戏马，无处问英雄；茅舍底，竹篱东，伫立时搔首。”此为北宋刘子翚的词《蓦山溪》。在那山河飘摇，城池行将倾覆的乱世，急需安邦济世之才。光阴往来，唯黄花年年如旧，不改初姿。昨日霸者已逝，今时又何处去问询英雄的下落？

“碧云天，黄花地，西风紧，北雁南飞。晓来谁染霜林醉？总是离人泪。”想来《西厢记》是因了这段凄美辞章，让人看罢念念不忘。而黄花也在张生和崔莺莺那场温柔的西厢旧梦里，不能醒来。碧云天，黄花地，纵是春风沉醉，草木葱茏，亦不及这样黄花满地、红叶秋林的美。

时光的河，深沉莫测，我们走过的一朝一夕、一城一池，都不可预知。凡所有相，皆是虚妄。《金刚经》云：“过去心不可得，现在心不可得，未来心不可得。”人的一生，都在修因种果。放下贪念与执意，方是对世间一切宽容，对万物诸多情深。

落花无言，人淡如菊。日光清浅，年岁深长，倘若茫然无依，就择一个秋深的午后，采一束菊花，做一回陶潜，长醉东篱下，悠然在南山。

隐名埋姓，江湖两忘。

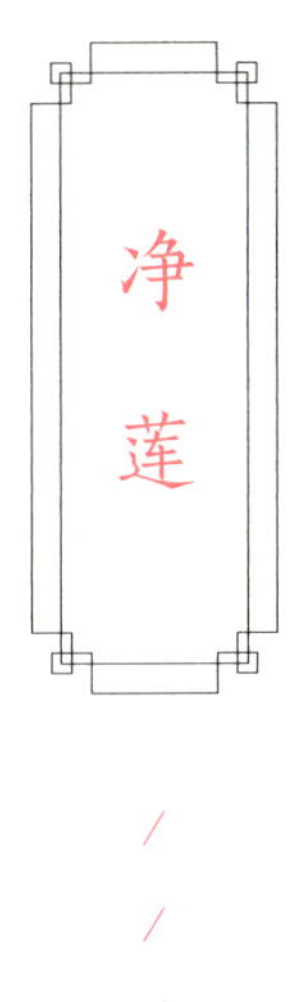

净莲

/
/
/

昨夜闲听落花，在清浅的灯影下，忆一段溪云往事，几个远去故人。年岁深沉如湖，却宛若明月，其实只要灵魂不死，那些像落花一样渺无音踪的美丽，依旧可以化尘重生。近日来春事乍暖还凉，风露总将人相欺，直至晨晓悠悠，方能入梦。

“风不定，人初静，明日落红应满径。”这是宋人张先的词，每逢暮春，总会将这动人之句读上几遍，有如餐食花瓣，满口噙香。踏遍落红，惊觉有一种植物，已经近得可以和我呼吸相闻。它有一个静美的名字，叫莲，亦叫荷。它的清丽出尘，冰洁玉质，令人欢喜到不敢相思。

莲荷，算是人间草木里与我最可亲的植物。它是我红尘路口的初遇，是我前世种下的善因。虽喜梅，却在人生廿年时候才真正识得君颜，与之成为莫逆。而莲荷，却从记事起相伴至今，如水情谊，总不愿逾越界限，怕生生弄丢了多年依恋的情感。我珍爱它，一如珍爱那段回不去的美好时光。

“江南可采莲，莲叶何田田。鱼戏莲叶间。鱼戏莲叶东，鱼戏莲叶西，鱼戏莲叶南，鱼戏莲叶北。”出自乐府诗《江南》。这水乡江南，并非隐藏在梦里。如此明丽曼妙的画面，清新隽永的意境，我曾亲历。有幸做了那乘舟采莲的小女孩，穿行在碧荷万顷之间，争寻并蒂，采摘莲蓬。唱一首悦耳的山歌，看莲叶下鱼儿嬉戏。那时欢笑，当是最明媚、最动人的。

采回的莲蓬，趁新绿时，于夜里挑着灯花，静剥莲子。一粒粒饱满、洁净的莲子，不舍得自家食用，拿去兑了钱，支付给了生活。到底是满足的，那轻快美妙的劳作，让时光亦柔软多情。长大后，只能于梦里采莲，那时风光，竟不是从前滋味。梦中划一叶小舟，在碧叶千丛里，采几捧新莲，万般深情，于茫茫天地间，竟无人收留。

是我过于执着，不忍缘尽。后来将莲种植于家中阳台，它倒也不娇贵，一口瓷缸里，放些淤泥，虽生得弱质纤纤，却亭亭玉立，惹人怜爱。几丛绿叶间，荷花疏淡地生长，红的俏丽，白的脱俗。夏日炎炎，雪藕生凉，莲荷静静开着，常让人觉得光阴错落。原来有些遗忘的风景，还可以重来。我知道，这浮世，它只为我一人红颜尽欢。

李白有诗云："清水出芙蓉，天然去雕饰。"读罢只觉日光湛湛，清风拂来，一朵自然清雅的莲，翩然浅笑，开得恰到好处。纵是氤氲水墨中，亦不改秀丽姿态，片片花瓣，晶莹含露，天然去雕饰。莲之清淡、洁净，似乎无关岁月风尘，它一直静处在人间，看往来过客，终不染烟火。

"越女作桂舟，还将桂为楫。湖上水渺漫，清江不可涉。摘取芙蓉花，莫摘芙蓉叶。将归问夫婿，颜色何如妾。"此为唐人王昌龄的《越女》。诗中采莲的意象与古朴乡间，是另一种风姿。越女红裙绿衣，蛾眉翠黛，有芙蓉之韵致，娇羞动人。折一枝芙蓉，归去问夫婿，谁更妩媚，谁更风情？这里的莲，似韶华女子的胜雪肌肤，吹弹欲破，又若明眸善睐，顾盼生情。

若论风雅柔情，当属西子湖中的莲荷。宋人杨万里有诗云："毕竟西湖六月中，风光不与四时同。接天莲叶无穷碧，映日荷花别样红。”西湖，琴棋书画的西湖。被这座千年古城的人文和故事滋养出的荷花，自是绝代如画。而我仿佛总能看到一个乘着油壁车，名叫苏小小的女子，在西子湖畔缓缓走过。也只有这里的山水，这里莲荷，给得起她梦里的等待，诗样的情怀。

“水陆草木之花，可爱者甚蕃。晋陶渊明独爱菊；自李唐来，世人盛爱牡丹；予独爱莲之出淤泥而不染，濯清涟而不妖，中通外直，不蔓不枝，香远益清，亭亭净植，可远观而不可亵玩焉。”这是宋代周敦颐的名篇《爱莲说》，看似简约疏淡的笔墨，却写尽了莲的清姿秀容，飘逸风骨。

他说菊是花中隐士，牡丹是花中富人，而莲是花中君子。他自称对莲之情深，世间再无有可及之人。后人纵是想爱，怕也只好望尘莫及。烟水亭畔，爱莲池中那出淤泥而不染的朵朵清莲，让人赏心悦目，看罢不能移步，别后频频回首。

“骤雨过，珍珠乱撒，打遍新荷。”这是元好问的词，此番情境，千古相同。荷叶上的雨露，似离人的眼泪，滚玉抛珠。词的下阕，更耐人寻味，令淡雅的莲，平添几分大美。他叹：“人生有几（多作“人生百年有几”——编者注），念良辰美景，一梦初过（多作“休放虚过”——编者注）。穷通前定，何用苦张罗。命友邀宾玩赏，对芳尊浅酌低歌。且酩酊，任他两轮日月，来往如梭。”

新莲固然雅逸逼人，枯荷残叶亦有别样风韵。李商隐有一句诗，“留得枯荷听雨声”，深得世人喜爱。还记得《红楼梦》里林黛玉曾说过：“我最不喜欢李义山的诗，只喜他这一句‘留得残荷听雨声’。偏你们又不留着残荷了。”想来黛玉喜爱的亦是诗中凄美意境。淅沥缠绵的秋雨，点点滴滴敲打在枯荷上，那清寒的声韵，残缺的美感，竟胜过了花好月圆之境。

李商隐的《锦瑟》《无题》都是旷世名篇，诗中不乏惊艳之笔。然黛玉却独爱他众诗里的这一句，只因无数个秋雨之日，是那雨打残荷的声律，慰她愁绪，解她相思。群芳夜宴占花名时，她掣了一枝芙蓉花，题着“风露清愁”四字。众人笑说：“这个好极。除了他，别人不配作芙蓉。”黛玉曾对宝玉说过：“我们不过是草木之人。”她心中凄然，宝钗有金锁配通灵宝玉，她只和草木相知相许。

世间最有佛性的，当为佛前的莲。佛坐莲台之上，护佑众生，主宰浮沉。佛祖拈花一笑，那花，亦是绽放的莲。红尘修行者，则愿做佛前的那朵莲，素净清白，每日听佛祖讲经说法，洗去铅华，禅心如水。一花一天堂，一草一世界；一树一菩提，一土一如来；一方一净土，一笑一尘缘；一念一清净，心是莲花开……

想起多年前，朱自清在月下漫步，行至幽僻的荷塘。流水月光，倾泻在花叶上，薄雾中的荷，千姿百态，清幽淡雅，安静柔和。那个夜晚，似一个缥缈恬静的梦，落在静静的心湖。如今只要翻开那册书卷，淡淡荷香，依旧萦绕其间，醉人心骨。

一切众生，性本清净。纵算做不了佛前那朵青莲，只是路旁一株卑微的草木，墙角一只无名的虫蚁，若心存慈悲，自可化身为莲，静守花开。

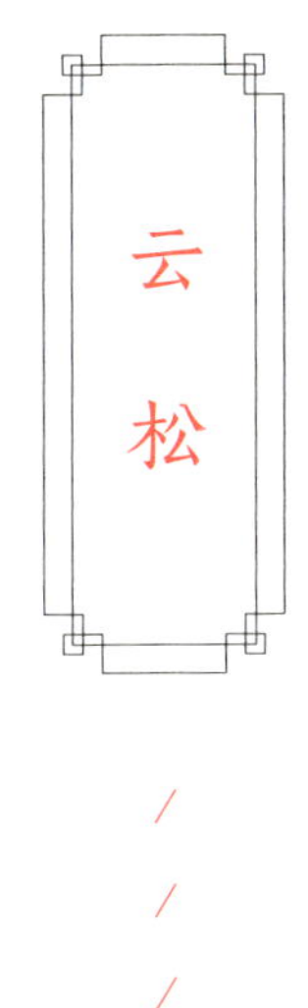

云松

曾经无数次地幻想，有一天可以做个闲人，背着行囊，小舟江湖去。在某个微风细雨之时，踏着苍苔绿藓，穿过烟岚雾霭，去寻访终南山里的隐士高人。在那云崖之巅，青松之下，有一间简约的木屋，住着一个白发老翁，早已忘记岁岁年年。

后来真的走出去了，一路风尘跋涉，投宿过许多不知名的驿站，看过许多不曾遇见的风景，邂逅许多匆匆来去的路人。才知道，山河大地，是无论如何也无法抵达的终点。倘若你自持一颗辽阔的心，纵是幽居深谷，亦可知尘世风云变幻，沧海浮沉。更多时候，我只是守着一扇小窗，看院外云飞日落，春聚秋散。

儿时居住乡村，对青松的记忆并不陌生。松是隐者，唯有在山林深处，方能看到其浓荫苍翠、巍然挺拔的身影。那时的我，常与同伴行经数十里小路，去山高云深处，捡拾松针和松果。人迹罕至之地，青松临云傲岸，经岁月敲打，满地厚厚松针，任由拾取。群山绵延，烟霞胜景，是大自然给天下苍生美好的馈赠。

想起陆放翁词中一句："镜湖元自属闲人，又何必、君恩赐与。"山水草木亦是如此，放逐于苍茫天地，无人约管，无须钱财，便可以尽情观赏。而我们总是太过执着繁华，将原本闲逸的生活经营惨淡，竟不如一株松那般逍遥淡然。

行走山间，看青松屹立云端，苍劲雄健，姿态纵横，风清骨峻。有些松，寄身崖畔，晏然自处，遁迹白云；有些松，立影重岩，铁骨丹心，孤傲卓绝；还有些松，静卧山林，亭亭迥出，只待凌云。

而我却隐没在烟霭云深处，似飘忽的隐者，问道的仙人。犹记唐代诗人贾岛的《寻隐者不遇》："松下问童子，言师采药去。只在此山中，云深不知处。"短短几字，落笔简洁，清丽白描，意境悠远。苍松的风骨，白云的飘逸，将这位山间采药的高人，衬托得愈加道骨仙风。

我只是个捡拾松针的女子，与深山隐者，亦无缘得见，却和青松有过无数次交集。每次入山，总被荆棘划伤，或被虫蚁咬噬，却并不因此而却步。但从那时，我对世间万物，有了莫名的情感，开始敬畏和珍爱每一个生命。记忆中，那株松，明明离得很近，却总是隔着一段云烟的距离。

捡回的松针松果，用来取火，煮一桌粗茶淡饭。乡村黄昏，几户人家，黛瓦上青烟缕缕，衬着斜阳，美到无言。松香弥漫了整座乡村，那些荷锄归来的农夫，放牧返回的童子，寻着香味匆匆到家。煤油灯下，几碟小菜，一壶老酒，过着朴素的流年。

松针煮茗，松花酿酒，松果入药，算是人间风雅之事。而我与松，多数只在书卷里重逢，或短暂邂逅于城市某座山林，又各自相忘。亦曾慕名去寻访庐山的云松，黄山的雪松，那些穿着青衫、披着白衣的隐士，附于苍岩峭壁之上，傲岸英姿，似要穿越迷岚，青云直上。

那些名山胜地的松，经过历代帝王将相、文人雅客的追慕观赏，早已成为一道瑰丽旷世的风景。它的坚韧品质，高洁风骨，凌云之志，不为任何人所更改。它远离繁喧，隐于山林，洞明世事，又不为红尘所牵。

大千世界，众生芸芸。古往今来，松被诗人赋予了不同的人格和气度。有幽居山林的隐者，有期盼赏识的墨客，还有禅心云水的僧人。这些青松，因了他们的笔墨，有了生命和灵魂。与我年少时所见的松相比，少了平淡与朴实，多了典雅和内蕴。

南朝诗人范云有诗咏寒松："修条拂层汉，密叶障天浔。凌风知劲节，负雪见贞心。"他的松，傲雪独立，依旧稳若磐石，青翠挺拔。虽处红尘，然一袭白衣，雪枝傲展，落落风采，令人神往。

"南轩有孤松，柯叶自绵幂。清风无闲时，潇洒终日夕。阴生古苔绿，色染秋烟碧。何当凌云霄，直上数千尺。"唐人李白的松，却孤独地长在南轩，一处生满苔藓的角落，不为人知。他本潇洒之人，乘一叶扁舟，仗剑江湖，飞扬跋扈。奈何一入长安，竟在皇城灯火中，迷失当年。他满怀抱负，希望若青松那般抵触云霄，一展才华，但终究还是醉倒在阑珊古道，梦碎长安。

"高松出众木，伴我向天涯。客散初晴候，僧来不语时。有风传雅韵，无雪试幽姿。上药终相待，他年访伏龟。"同为唐朝客，李商隐的松，却多了几分风流雅韵，悠悠禅意。他没有太多远大的志向，只放下迢遥仕途，暂忘悱恻爱情，在松风下，与高僧相邀。他亦心有所愿，只望青松能生成上药伏龟，为人赏识。

巍巍青松，在王维诗意的笔下，亦多了几分淡逸出尘，柔情婉转。“青青山上松，数里不见今更逢。不见君，心相忆，此心向君君应识。为君颜色高且闲，亭亭迥出浮云间。”松有如他的故人，不见时，相思相忆；重逢时，则相知相许。王维的心，若青松一般闲逸清淡，功名于他，不过是一件华丽的外衣，不要也罢。

白居易爱松种松，有诗云：“爱君抱晚节，怜君含直文。欲得朝朝见，阶前故种君。知君死则已，不死会凌云。”他为与青松朝暮相见，于庭畔阶前栽松，并对这数寸之枝，寄寓期望，倘若青松存活不死，定会傲世凌云。白居易暮年之时，做了醉吟先生，忘记名姓，不问过往。每日喝酒吟诗，青松做伴，白云是家。

人间有味是清欢，倘若对这浮世烟火无法妥协，莫如趁早放下。须知千秋功业，一生繁华，终将付与苍烟夕照。你耗费光阴去追寻生命的谜底，到最后，未必是你想要得到的结局。

多想再去深山老林捡拾一次松针，和崖畔的青松，坐看云起。多想做一个无为的闲人，煮一壶松针茶，酿一坛松花酒，冷暖自尝。哪怕有一天，老死在江南某个古旧的屋檐下，亦是造化，亦为善终。

第四卷

一方古物一风雅

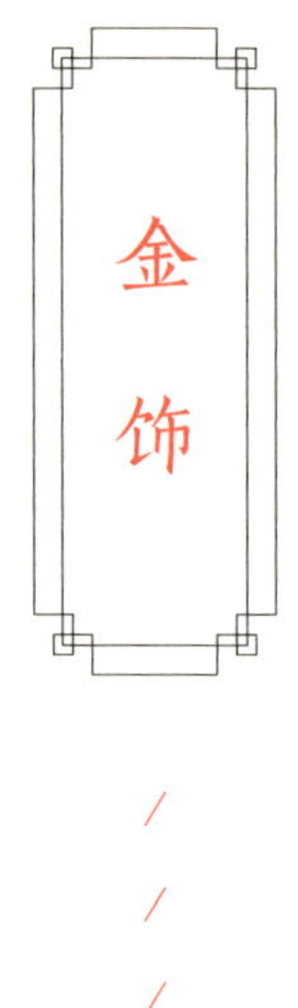

金饰

/ / /

“开辟鸿蒙，谁为情种？都只为风月情浓。趁着这奈何天，伤怀日，寂寥时，试遣愚衷。因此上，演出这怀金悼玉的《红楼梦》。”这是《红楼梦》的引子，每次读完，心中总有郁结的柔肠，无法释怀，不得消遣。

怀金悼玉，这里的金，说的是薛宝钗的黄金锁，还有史湘云的金麒麟。在大观园，这两个女子与金结缘最深，可金玉良缘，终究只是一场空话。而玉说的则是林黛玉和妙玉，两个清浅如水的女子。有诗为证：“玉带林中挂，金簪雪里埋。”她们都是贾宝玉心中怀念的女子，亦是大观园里最为惊艳的风景。

薛宝钗佩戴金锁，是因为一个癞头和尚送了两句吉利话，必须錾在金器上。当她那日细赏贾宝玉的通灵宝玉，又将镌在玉上的“莫失莫忘，仙寿恒昌”念了两遍时，一旁的莺儿笑说，这两句话倒像跟姑娘项圈上的两句话是一对的。正因为“不离不弃，芳龄永继”这吉利话，宝钗天天戴着金锁。

薛姨妈曾对王夫人说：“金锁是个和尚给的，等日后有玉的方可结为婚姻。”其实佩玉的王孙公子很多，但贾府内，唯有贾宝玉所戴的通灵宝玉尊贵稀世。似乎也唯有他的玉，才配得起薛宝钗的金锁。薛宝钗体态丰盈，艳冠群芳，与雍容华贵的牡丹花王媲美。曹雪芹赐薛宝钗金锁，是应和她的高雅气度。而史湘云佩戴金麒麟，亦是因了她这侯门千金的身份。

黄金自古被世人珍爱佩戴，赏玩收藏。以往总觉得金银之器，为身外之物，不可贪恋。然耽于俗世之人，终要谋生。黄金不仅为华丽的饰品，贵族的象征，也传于市井之中，深受追捧爱戴。古人出远门，视黄金为最佳盘缠，所谓穷家富路，就是如此。无论是金锭子，还是黄金首饰，皆可用来居住旅舍，换取美食。黄金的价值沿袭至今，在世人心中，有着不可替代的地位。

我亦曾有一块古老的黄金锁，那是幼年时候，外婆所赠。它不够华丽，却小巧精致，沾染岁月的气息。小小金锁，虽算不得祖传之物，却是外婆的一片情意。至今仍记得，她手心的温度，还有那含着叮咛与祝福的眼神。本应贴身携带，奈何有一天竟不知所终，后来再无缘找回。满怀歉意告知外婆，她微笑说，失去未必不是福报，只当忘记，仿佛不曾拥有。

于是，想起了李白的诗句："天生我材必有用，千金散尽还复来。"然我心痛的不是金锁，而是那份本该好好珍藏的亲情。散尽的千金，还会复来；遗失的信物，却只能成为永远的怀想。金锁成了一段往事，唯在梦里，才会忆起。原来这世间浮华之物，也会生出许多易感的故事。

有人说，海枯石烂，情比金坚。红叶题诗，金钗寄情，是一种承诺，亦是一份盟约。古代情人与夫妻之间赠别之物，多为金钗。女子将头上的钗一分为二，一半赠人，一半自留，待到重逢之日，人钗团聚。《白蛇传》里，许仙与白素贞因金钗结缘，后离散，因金钗而重聚。

"宝钗分，桃叶渡，烟柳暗南浦。"这是辛弃疾的词，借宝钗分，诉说离情，只待来年桃叶渡口，执手相聚。纳兰容若有词云：“宝钗拢髻两分心，定缘何事湿兰襟。”何尝不是在感叹，与心中所爱分离的悲戚与痛楚。

“回头下望人寰处，不见长安见尘雾。唯将旧物表深情，钿合金钗寄将去。钗留一股合一扇，钗擘黄金合分钿。但教心似金钿坚，天上人间会相见。”这是白居易的《长恨歌》，读后总让人心伤不已。纵是尊贵如帝王，亦有挨不过的情关。那一日，马嵬坡诀别，她在天上心碎，他于人间断肠。

黄金可以延年益寿，消灾辟邪。西汉方士李少君曾对汉武帝说：“金银为食器，可得不死。”道教里，用黄金炼就长生不老金丹。佛教则将金器打造出佛像，以及许多精美的供养器物，昭示着法相庄严。

后来金银被做成豪华器皿，深受历代王侯喜爱。据《后汉书·礼仪志》记载，天子用金缕玉衣，诸侯王用银缕玉衣，大贵人、长公主用铜缕玉衣。帝王用黄金来赏赐臣下将士，而臣子又将黄金珍宝进奉给王侯。有人赠金酬知己，有人掷金夺佳人。纵算你是草木之人，无所欲求，亦难免被这俗物牵绊，不得洒脱。

“金樽清酒斗十千，玉盘珍羞值万钱。”多么奢华的盛宴，散场后，长风破浪，直挂云帆，何处是故乡？“人生得意须尽欢，莫使金樽空对月。”李白举杯和明月对饮，不知令多少人期待可以像他那样豪放尽欢，醉梦人生。而钱财此刻不过是虚无，没有谁知道，生命有多远。

有一个词牌，叫《金缕曲》，亦为《贺新郎》。因叶梦得《贺新郎》词有“谁为我，唱金缕”句，而名《金缕曲》。都说黄金有价，可那些寄托在金钗里的故事，隐藏于金樽内的情感，却是无价。富丽堂皇的黄金，亦有诗意浪漫之时，在无声的岁月里，不经意地打动你的心肠。

卦语云：“一两黄金四两福，无如命运本参差。”各人天命不同，所带的财富皆有定数。凡事顺应自然，不可强求，太过执着，得到的富贵亦如浮云，短似春梦。水满则溢，月满则亏，也许我们都要明白物盛则衰之理。世间之事，无不反复，知足常乐，方是圆满。

金樽唱晚，月斜窗纸，一梦醉兰池。这时候，独坐小窗，一个人，一樽酒，看岁月来往如梭，知天地万物安宁。试填一首《金缕曲》，聊寄心情。原来与繁华相关的事物，亦可这般清凉明净。

独自飘零矣。这时间，一弯瘦月，一肩寒雨。漫漫风尘十数载，转瞬红颜老去。终不忘，当年相遇。千古繁华如梦里，又是谁，扮演折子戏。辜负了，我和你。宋唐故事成回忆。叹浮生，修因种果，百般滋味。姹紫嫣红皆看遍，只剩阑珊心意。让过往，轻擦痕迹。午夜朱弦调素手，总叫人，寂寞无从语。和梅花，做知己。

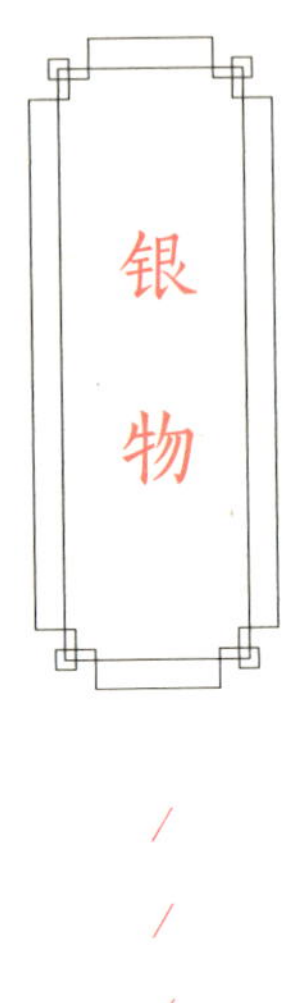

银物

她一袭棉布裙衫，细腕上戴一个银镯，雕着淡淡的纹饰，雅致清凉，简约静美。秀丽的长发，轻轻挽起，斜插一支古旧的梅花银簪。她低眉浅笑，与素净的容颜相映生辉。这并不华丽的人生，却让人如逢一朵茉莉花开，好似邂逅前世那段未了的情缘。

一直认为，能把古朴的银饰戴出美丽的女子，定然气质非凡。她应该青春年少，韶华当头，含蓄腼腆，质朴清宁。她应该人生迟暮，阅尽风霜，淡然世事，从容优雅。这看似简单朴素的饰品，并非所有女子都能够佩戴得恰到好处，娴雅贞静。

小时候去镇上的街市，每次经过老银铺，总会驻足观望。柜台里摆放着各式的银饰，晶莹透亮，古拙美丽。银项圈、银手镯、银戒指、银簪子、银梳子，以及各种银杯、银碗、银筷等物件，它们安静地守候着某个约定，等待来往的客人将其认领。

外婆说，祖上大富人家，家里所用的器皿、装饰皆为纯银而制。就连做饭系的围裙带子，绣花鞋的扣子，皆用纯银装点。我曾见过几件她遗留下的物件，为民间艺人纯手工打造，镂空的花纹，精致秀美。只因时光的沉淀，原本洁白如雪的银饰，被裹上斑驳的印记，倒添了几分岁月的况味。

后来在课本里读了鲁迅笔下的《少年闰土》，对那个十一二岁、项戴银圈的少年生出好感。那时间，许多男女同学效仿闰土，去银铺请老银匠打造银项圈。我亦有过这念头，被母亲驳回。不久后，她从木柜里取了一枚老旧的银圆，带我去镇上的银铺打了一个小巧的银镯。这个银镯，从此伴随我走过那段多梦的年少光阴。

回忆很美，因为经过的事不会重来，而我们总会在寂寥之时怀想。每件旧物，背后都有一个故事，也许不够深刻，不够传奇，平淡之处却令人感动。镇上的老银铺还在，老银匠担忧他多年精湛的手艺有一天会失传，心生感慨和惋惜。店里几件古老的饰物，因为无人问津而落满尘埃。那敲打银饰的声音，亦渐次消失在悠长寂静的街巷。

浮世万千，众生一直在努力寻找自己想要的东西。一路捡拾，也一路丢失，最后遗留下来，珍藏着的只有寥寥几件。似乎近几年，开始流行起复古风尚。以往被视为残旧破损的古物，渐渐被人珍视，当作岁月的馈赠，被穿戴出来，装饰如水的流年。她们爱上了朴素的美，期待可以在旧物里，怀念那一去不复返的光阴。

白银，本是洁净之物。它光亮无瑕，映着素辉，如月光铺洒，似长风团露，清如芙蕖，洁白胜雪。后来白银被当作流通的钱币，沾染了尘浊，便与俗物相缠，再难分离。它不只是简单的饰品，还可以典当，支付给寻常的生活。

银器在春秋时，已经开始被当作饰品，装扮镶嵌在器物中。浊物本无心，不过是市井虚浮的修饰，又经了文人墨客的品赏，留岁于富商达贵的厅堂。直到后来，成为一种风尚，被世人认作珍宝，充实了家境，饱满了日子。

雅俗的界限，有如湖畔水天之影，未曾清晰，本来同源。大雅则俗，至俗则雅。金银诸多宝物，若只为了满足个人的贪欲，则辜负了它们原本的美好。若当作工艺品，装帧年岁，也算是繁荣了民族文化。

雪色碎银，熔于火中，再经银匠敲打、雕刻，绘上花鸟图案，或是经典故事。这浊物便有了它存在的价值，成了一道赏心悦目的风景，与你青春做伴，共赴红尘。曾或为簪，秀美了佳人的发际，临镜的妆容，静好的年华，美若闭月的西子。曾或为盏，沁润了诗客的灵思，借着贪欢的余醉，落下千古锦词丽句。

唐砖宋瓦，成了斜阳下惹人借古伤今的断壁残垣。曾经装点着奢华宫殿的物品，或埋于尘土，被岁月深藏，交还给自然；或被后世寻找，作为历史的凭证，诉说沧桑。唯有秦时明月，百代未改，亦如故人的诗文，风华经久。

银器的发展，初经秦汉，融合魏晋，在唐代亦如律诗、绝句般，繁荣璀璨。大唐的盛况，尽显于文化艺术，以及生活诸多事物之上。唐代的银器，亦随同富丽的盛世，有着空前绝代的万丈光辉。

“赵客缦胡缨，吴钩霜雪明。银鞍照白马，飒沓如流星。十步杀一人，千里不留行。事了拂衣去，深藏身与名。”这首《侠客行》，为诗仙李白所作，他的英风豪气，赋予了大唐无上的美感。银鞍白马，彰显英雄的气度，最见盛朝风采。

而杜牧的《秋夕》，则在银烛秋光里，抒写一个失意宫女孤独落寞的心情。“银烛秋光冷画屏，轻罗小扇扑流萤。天阶夜色凉如水，坐看牵牛织女星。”白银雕饰的烛台，分明是闪烁华丽的色彩。然而后宫三千粉黛，多少绝代佳人，被冰封在楼台深处，坐等幸运之神的降临。夜凉如水之时，牵牛织女星遥挂在明净的天空，为何人间情爱苦苦不得圆满。

宋代的词笔，不及唐诗那般绚烂怒放。宋代的银器，也如宋词般，清丽典雅，芳香浅色。于物中见新奇，于词里见风云，则为这个时代银器的特色。

晏几道曾有一首《鹧鸪天》，极为缠绵悱恻。如宋时的银，精美多情，婉约生动。“彩袖殷勤捧玉钟。当年拼却醉颜红。舞低杨柳楼心月，歌尽桃花扇影风。从别后，忆相逢。几回魂梦与君同。今宵剩把银釭照，犹恐相逢是梦中。”

词人在一个如水良辰，邂逅了久别多年的歌女。回首当年相处时轻歌曼舞的佳境，误以为，这人生重遇，是在梦中。他执银灯，打量眼前的女子，怕这突如其来的美好稍纵即逝。曾经为他歌舞尽欢的女子，如今已添风霜。今夜之后，她重整妆容，流落在烟花巷，而他依旧背上词袋，消失于风月场。

明清时期的白银，成了极为重要的流通物品，汲取太多富贵的气息。而银器风格，亦有了许多转变。它缺少了唐诗宋词的恢宏气势、清雅别致，学会了与世随波。这时的银器，被世人用来炫耀身份，诸多物品中，图龙纹凤，尽显富态。

再后来，这一抹绚烂的色彩，被时光潜移默化，褪了风华。在灯火辉煌的现代舞台上，白银不再是主角，它只是一个平凡的戏子，淡抹轻妆，润饰着乏味的生活。也许还会有浮沉，也许它会以另一种姿态，高傲地存在。但它依然会坚守洁白的本质，在别人的故事里，演着离合悲喜。

那个戴着银镯、斜插银簪的女子，匆匆走过一段人世风景，而后，在一个古老美丽的地方，缓慢老去。

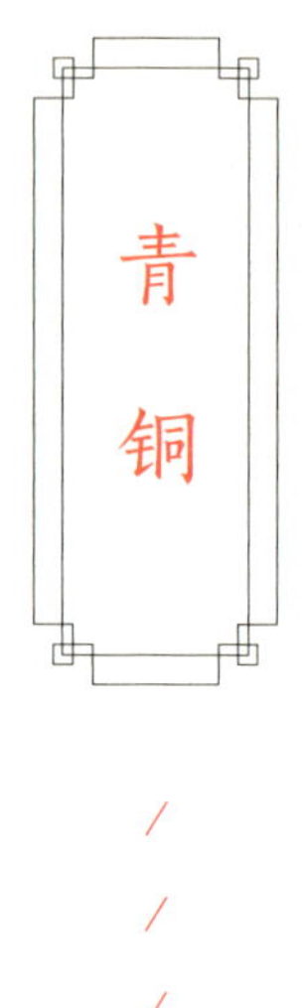

青铜

/ / /

前几日，买来一个莲花形状的铜香炉，古朴精致，极为珍爱。焚香品茗，赏花听雨，已成了日子里不可缺失的片段。焚一炉香，折一枝新芽插入陶罐里，静坐听禅。如此光景，令你多么厌世，亦会觉得生命原可这般安逸、愉悦。喝一杯清淡的茶，时光干净，江山无恙，而我离那个古老的岁月，越来越近。

那是一个遥远的无人相识之地，我的前世也许走过，但所有遗留的记忆都被删去。几千年的文明长流，潮起潮落，依旧如故，人世沧海几度，唯岁月不惊。它的安宁，如连绵起伏的山峦，舒卷有序的白云，不分彼此的河流。而流经千年的江水，恍然如梦的云烟，低诉着冲洗不去的青铜时代。

其实，青铜一直伴随着我们寻常的生活，只是它存在于一些渺小的事物中，有些微不足道。与我最为亲近的，则是铜香炉、铜手炉，还有一面搁浅的铜镜，以及几把被流光遗忘的铜锁。人与事物相同，总是像候鸟一样不断地迁徙，每次道别，都不知何时相逢。聚首之日，只觉漫长的旅程已将彼此更改，唯有记忆，停留在昨天。

想起幼时读《声律启蒙》，有这么一句："尘虑萦心，懒抚七弦绿绮；霜华满鬓，羞看百炼青铜。"当时年小，只当作联句来读，甚觉美丽。如今却深知其意，亦恰似我的心情。尘世纷繁，那把汉木古琴，被搁置在书房的角落，无心弹抚。而铜镜早已成了屋内的装饰，终不肯擦拭，亦怕那光亮，照见日渐老去的容颜。

我的故事，苍白简单，而青铜的故事，却含蓄悠长。早知青春如此易逝，真该好好对待每个日子，一如铜，熔注成各种器物，见证自己存在的价值。欢聚、喝酒、做梦、远行、看风景，哪怕有一天突然亡故，也要知道最美的年华亦曾有过盛况。或是有一天老到孤独无依，还有那许多的回忆，足以慢慢下酒。

大概从尧舜禹时代起，青铜已经被应用，并且逐渐兴盛起来。夏代始有青铜容器和兵器。商晚期至西周早期，为青铜器发展之鼎盛时期，器形多样，凝重浑厚，铭文深长，花纹繁缛。之后，青铜器的胎体开始变薄，纹饰亦简洁朴素。青铜器是一个时代的烙印，每一个器皿，每一种造型，皆由手工制作，任何物件，都举世无双。

它曾为鼎，给原始的人们，盛载了文明的炊烟。它曾为樽，填满了帝王的城池，饮醉了月色的孤独。它曾为钺，伴随将士，所向披靡。它曾为锹，随着大禹，疏浚了山河。它曾为镜，悬在秦堂，正了世风。抑或孤鸾独伤，浸润了诗客佳人写在鬓角的沧桑。

青铜贯穿了整个古代，盛行于夏、商、西周、春秋及战国早期，到了东汉末年，陶瓷器取代了它的风华。隋唐时，铜器多为打造各式精美的铜镜，篆刻典雅的铭文。之后，便只做普通的器皿、物件，散落于寻常的生活中。

世间万物，皆要经历开始、鼎盛以及衰落的过程，青铜器亦是如此。它不能逆反自然，改变其衰退的命运，但历史亦不能抹去它曾有过的富丽辉煌，所度过的千年风雨。从夏朝至战国早期，青铜器被制作为礼乐之器，在诸多礼仪中演绎了它的价值。

编钟的韵致，神圣庄严，仿佛置身在紫阁间，听着盛朝的曲乐，探望富贵无比的宫殿，森严威武的长阶。自此，钟鼎门庭成了富贵至极的代称，而鼎亦是政权的标志。谁又知晓，富贵如许，亦是飞燕归来，寻不到的繁华。那乌衣巷里，王谢堂前，曾经筑巢的燕子，还是飞入了寻常百姓家。

礼器在中国青铜器制作中，是最精致的，因它代表了庄严的权势。而兵器，亦闪耀着那个时代的锐利和锋芒。春秋时期，有着诸多的冶炼师。“十年磨一剑，霜刃未曾试。今日把示君，谁有不平事。”剑是知己，沉默的时候，它会替你说话。许多剑客，就是凭着一把宝剑，闯荡江湖，笑傲风云。

越王勾践的剑，则为青铜兵器里的精品，也曾随着它的主人忍辱偷生，卧薪尝胆。细致的纹理，精巧的剑身，剑锋千载，依然熠熠。沙场上腐朽在草丛间的尸骨，没人会记起他曾经有过怎样的付出，只有手中握着的兵器，随他一起沉默在无边的风沙里，永不离弃。

铜镜算是青铜时代最香艳，也最有风华的一笔。无论是后宫佳丽，还是侯门绣户，或是寻常女子，都会在铜镜前，借着晨光和夜月，用青春装饰最美的妆容。那方铜镜，伴随她们一生，从青丝到白发。一天天，看着她们慢慢老去的容颜，而青铜，擦拭之后，却愈发光彩夺人。

贾岛有诗吟：“不知今夕是何夕，催促阳台近镜台。谁道芙蓉水中种，青铜镜里一枝开。”诗人借着青铜镜里的映像，赞赏友人新婚妻子的美丽容颜。铜镜亦被作为信物，亲历才子佳人的缘聚缘散。杜牧《破镜》一诗中曾写：“佳人失手镜初分，何日团圆再会君？”多少女子轻挽云鬓，对镜描眉，只为等候那个与她执手一生的良人。

后来，有大量铜币流散于市井间，被无数为着生活而劳碌奔走的商贾传来换去，磨损了钱身，断送了年华。他们为了蝇头小利，斤斤计算，到头来，富贵繁华也都只是过手之物，并不曾真正留住什么。

离开了那个属于它们的时代，青铜器带着一种天涯无主的落魄与孤独，失意于红尘深处。但没有谁忘记，它们曾被浇注与撰写过的鼎盛昨天。如今，它们有些伴随那个逝去的王朝，一同被埋藏于千年的泥土，沉醉不醒；有些被珍藏于博物馆里，为后世展览过往的风云旧事。

而我似乎喜爱它们被时光冷落的模样，喜爱它们以简单的姿态，安静地存在于世间。那些平凡的旧物，无须厚重的历史，无须文化的沉淀，亦无须背负一个王朝的使命。经历了人世幻灭荣枯，舍弃了风流过往，留下纯净的灵魂，给平淡的今天。

它只是一个铜香炉，萦绕的淡烟，装点主人风雅的厅堂。它只是一把老旧的铜锁，锁住重门深院里，冷暖悲欢的故事。它只是一面仿古的铜镜，搁在红颜的闺房，以为不去擦拭，就可以留驻青春。

历史的天空，此时风烟俱净。那些不解的铭文，到底刻着谁的誓言？那些风蚀的铜锈，又老去谁的沧桑？过往的壮志豪情，盛朝之音，早已扫落尘埃，前生之事，从今不再问起。

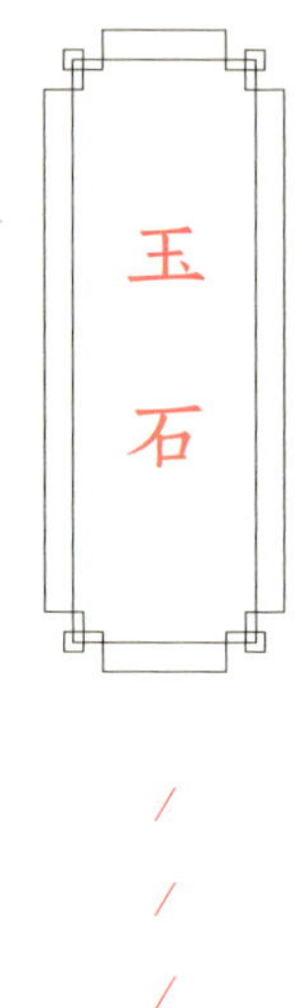

玉石

总以为，世间最有灵性的，莫过于草木山石。我们无须学着如何和它相处，许多时候，它总是安静地存在，无言却真心，平淡亦有情。漫漫人生，关山迢递，于风烟浩荡的尘世中漫步，过尽汹涌。始信百年之后，所有惊骇息止，一切回归最初。我心如玉，明净无尘，温润似脂，冰肌胜雪。

最美的玉石，当是《红楼梦》中那块通灵宝玉。它本是女娲炼就的一块顽石，因无材补天而随神瑛侍者入世，幻化为贾宝玉出生时口衔的美玉。这块顽石，集千万年日月精华，早通灵性。它不甘隐没山崖，愿入红尘，于那富贵场中、温柔乡里享受几年，不枉来世间走过一遭。

后来，它随贾宝玉来到昌明隆盛之邦、诗礼簪缨之族的贾府，与他在红粉堆里，消磨度岁。人道金玉良缘，贾宝玉的玉和薛宝钗的金锁，成了他们之间解不开的孽缘，还不了的情债。他有通灵玉，雕着“莫失莫忘，仙寿恒昌”；她有黄金锁，刻着“不离不弃，芳龄永继”。

而林黛玉的前世，本是西方灵河岸上三生石畔的一株绛珠仙草，只因受赤瑕宫神瑛侍者的甘露灌溉，欠下他一段宿情，决意入世为人，以眼泪还之。她与贾宝玉有一段木石前盟，待宿缘了却，便幻化为仙，飘然远去。

他是无瑕美玉，她只是草木之人。三生石，缘定三生，可见世间许多情缘，皆因玉石而起，因玉石而尽。它本山石，淹没于岁月的尘泥中，浑然天成，古朴坚韧。经过一世又一世的往返轮回，在细水长流的日子里，为一个人守候天荒。

每一块玉，都有一段深邃的过去，当有一天它寻到前世的主人，便决然入世，任你雕琢赏玩。昨日桑田沧海，不过是云烟一朵，它之使命，只为了遇见生命中最温柔、最妥善的人。茫茫人海，那个人，也许在蒹葭彼岸，也许在长亭古道，也许在红尘陌上，也许在空山幽林。无论经历多少世，终不改初心，只陪你共度光阴荣枯。

石之美者，玉也。它温润含蓄，通透典雅。《说文解字》云："玉，石之美。有五德：润泽以温，仁之方也；䚡理自外，可以知中，义之方也；其声舒扬，専以远闻，智之方也；不桡而折，勇之方也；锐廉而不技，絜之方也。"

玉有软玉和硬玉之分，软玉多为和田玉，再则为岫岩玉、南阳玉、独山玉、蓝田玉等十余种。硬玉，则为翡翠。软玉有白玉、黄玉、紫玉、墨玉、碧玉、青玉、红玉之分，而翡翠颜色有白、紫、绿等。好的种玉，如冰似水，通透莹润，令人一见钟情，再难相忘。

谦谦君子，温润如玉。君子以玉比德，君子必佩玉，君子无故，玉不去身。曾几何时，玉石与世人结下深刻之缘，从古至今，年年岁岁。君王不仅佩玉，就连象征无上皇权的印章，也是由美玉雕琢而成，并赋有一个美丽的名字——玉玺。王孙公子佩玉，剑客儒生佩玉，国色佳人佩玉，俗粉胭脂佩玉。

玉之温润，玉之颜色，玉之纯净，可消解烦忧，涤荡俗尘，愉悦心灵。爱玉之人，与玉朝暮相处，希望可以汲取玉的天然性灵，像玉一样和润优雅。一块赏心悦目的美玉，胜过世间的灵山秀水、春花秋月，纵是山河换主，它亦护你百代长宁。

玉石的历史，如它的年岁那般悠久绵长。早在八千年前新石器时期，先人就已珍视玉的美丽和坚实，磨之为器，琢之以佩，用来装饰、祭祀、瑞符、殓葬。到后来，玉器不仅融入生活，更成为观赏的艺术品。玉刻玉雕成了一种文化，多少玉匠用巧夺天工之技艺，雕刻出山水林壑、花鸟灵兽、亭台楼阁以及人物故事。

玉为灵性之物，可养生健体，更有驱妖辟邪之用。古人用玉做器具，以及许多佩戴的装饰品，玉镯、玉簪、玉指环、玉梳、玉佩等。而这种风习沿袭至今，比起古时，更为稀有而名贵，为世人所钟爱、痴绝。

原本只是隐藏于山间岩崖的顽石，就这样修炼出灵性，深受众生恩宠。它有其自身的风骨和命途，在山长水远的岁月风尘中，被无数人倾心相待。后来，它被写进诗歌中，撰入史册里，看过了别人的故事，自己又成了故事的主角。

“投我以木瓜，报之以琼琚。匪报也，永以为好也。投我以木桃，报之以琼瑶。匪报也，永以为好也。投我以木李，报之以琼玖。匪报也，永以为好也。”这是《诗经·国风·卫风》里的一篇，琼琚、琼瑶、琼玖，均是当时对玉的美称。

李商隐有诗吟：“沧海月明珠有泪，蓝田日暖玉生烟。”这里的玉，则是陕西西安蓝田县所产的美玉。唐人王昌龄亦有诗吟：“寒雨连江夜入吴，平明送客楚山孤。洛阳亲友如相问，一片冰心在玉壶。”尽管寒雨凄清，楚山孤寂，但诗人的心，一如藏在玉壶里的冰那样晶莹洁净。

“玉在山而草木润，渊生珠而崖不枯。”真正的天然古玉，外表温润软滑，沁色自然，雕工流畅。仿佛是你过尽沧海，才觅得的一颗明珠，拥有它，一生无悔。曾经有过盟约的人，不经意成了过客，而它与你风雨相伴，不曾许诺，却情深意长。

不知从何时开始，玉石不仅成了世人贴身佩戴的灵物，更成了彼此作为凭证的定情信物。“金玉有本质，焉能不坚刚。”也许那些相赠美玉的人，是希望彼此的情意若美玉那般高洁、坚定、永恒。倘若有一天，丢失了彼此，或许还可以凭借一支玉簪，一个玉镯，或是一块玉锁，找回曾经所爱，再续前缘。

我对玉的钟爱，当是无声的表白。曾经在琳琅满目的玉石中，有过相见倾心的物品。如何令我倾万千宠爱于一身，始信与之有过一段三生石上的情缘？相视的瞬间，我有种踏遍千山将它寻的惊喜，它有种静待故人归的安然。它温润青翠，晶莹剔透，吹弹可破，似前世遗落的眼泪，令今生频频回首，再不忍擦肩。

其实每块玉，都在寻找它真正的主人。纵然走过山重水复的乱世红尘，有一天也会和你不期而遇，相约同游这烟火人间。那么，在有限的时光里，等待或者寻访那块属于自己的玉石吧。说好了，与它双双终老，不求地老天荒，只要一世情长。

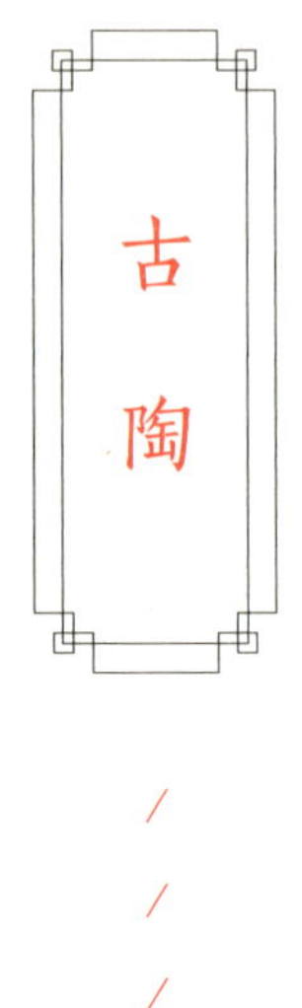

古陶

那是一种美丽古老的器物，有着粗粝的线条，素朴的花纹。外表粗犷，质里天然，历岁岁年年、风风雨雨，终安然无恙。它是古陶，经岁月的泥、时光的火，打造成性灵之物。也曾风华了一个王朝的故事，也曾吹奏了一曲苍凉的绝响，也曾装点了一段如水的光阴。

古陶的历史源远流长，可追溯到万年之前。陶之初，只是简单器皿，存水储物，坚固耐用，美观大方，仅为生活。后来世人赋予了其艺术与情感，便有了插花的陶瓶，装饰的陶器，品茶的陶具，以及古老乐器中的埙。陶的姿态，一如遥远的流年，古拙端然，深沉忧伤。

金、石、土、革、丝、竹、匏、木，谓之八音，而埙独占土音。古人曰："观其正五声，调六律，刚柔必中，清浊靡失。将金石以同功，岂笙竽而取匹？"只是简单词句，道出了埙音色的醇厚与柔润，仿若在诉说那遗落千年的古风与悲凉。而我曾被这简约的旧物打动，那飘荡在古城的埙曲，碰触过心灵最深处的温柔。

那是一个萧瑟的秋日，漫步于长安一条老街上。天空澄澈高远，湛蓝无尘，几朵流云悠然飘过，灵动婉转。古老的青槐葱郁茂盛，枝叶繁密，掩映着一排仿古建筑。脚下的青石板路，宽大而洁净，被来往的过客打磨得光滑而明亮。原以为这座古城，黄尘漫天，沧桑入骨，竟不知雨后的秋，亦有如此淡然气息，悠悠风景。

有埙的声音，自古巷人家飘荡而出，旷远而寥落，幽怨又苍茫。那埙声，带着亘古的荒凉。呜咽之声，仿佛在向路人讲述长安古城的昨日旧梦。而我，亦是那错入了时光的女子，穿过秦汉明月、盛唐之风，做了一回繁华往事里的主角。

后来，方知这首埙曲为《心头的影子》。惊觉那陶土制就的简单乐器，无弦非琴，竟能吹出如此幽深哀绝的曲调。尔后在许多个暮色沉寂的黄昏里，我在埙曲中，总能邂逅远古的岁月。时光的河流，已是一片迷茫云水，悲凉之音如一簇清凉的月光，如影随形，治愈着灵魂的伤。

陶器为古老悠长的民间手工艺，先民在一万年以前就已懂得制陶器的技术。历经岁月更迭，从粗陶发展为一批批精美的生活用品和艺术品。新石器时代有风格粗犷、朴实的灰陶、红陶、彩陶和黑陶。商代出现了釉陶。器形多为仿青铜器及器皿，有杯、盘、碗、壶、盒、鼎、炉、豆、敦、罐等。

唐三彩则是一种盛行于唐代的陶器，以黄、褐、绿为基本釉色。其色釉有浓淡相宜、彼此浸润、斑驳淋漓之效果。于色彩的相互辉映中，尽显其富丽堂皇的艺术魅力。宋代名窑涌现，其陶瓷作品集天地灵秀，质地细腻，釉色润泽，花纹精美。明清时代的陶瓷，从制坯、装饰、施釉到烧成，胜过前朝。

每一种古陶，都有其不可言说的历史故事、风土人情。不同的器形和纹饰，胎质和铭文，可以解读出属于那个时代的人们的审美和情趣。我们从不同陶具、器皿中，探索和寻觅那些早已消亡和变迁的王朝。陶有如烙印，在深沉如水的光阴里，静静地兑现过往许下的诺言。

陶的故事，最为传奇的，当是秦始皇陵里的陶俑。那是一个不解的千秋之谜，伴随着一代风云霸主，淹没在万古不变的黄尘中。那些陶俑，一如他们的真身，曾经与秦王嬴政，携手统一六国，死后亦默默地守护他的亡灵，不改初衷。

我曾瞻仰过秦始皇兵马俑，虽埋于尘土，却气势磅礴，令人肃穆惊心。只是简单的泥土，被技艺精湛的工艺师打造成飒爽英姿的将士，久经沙场的战马，再经烈火烧制，成为拍案惊奇的兵马陶俑。他们在黑暗中屹立了两千多年光阴，不在乎风霜刀剑，世事流转。在尘埃落定那一刻，拭去满面沧桑，俨然立马于硝烟弥漫的战场，威风凛凛，气壮山河。

古陶不同于陶瓷，古陶有着质朴坚韧的灵魂，瓷是细腻纤薄之姿态。二者皆由泥土灵性之物制就，而古陶沉静端然，历岁月风尘，独自散发着幽幽暗暗、明明灭灭的光芒。

紫砂将陶与瓷结合了起来，介于陶与瓷之间，有着陶的沉着优雅，又有瓷的细腻风情。紫砂壶的起源一直可以上溯到春秋时期的越国名臣“陶朱公”范蠡。当年范蠡助越王成就霸业，但勾践为人，可与共患难，难与同安乐。功成身退的范公，一袭白衫，携西施泛舟五湖。于吴地叫人制壶，没几年，便富可敌国。可他散尽家财，飘然隐逸，扁舟一叶，岁月山河尽入壶中。

我爱茶，对喝茶的器具亦极为重视。薄胎纤白的青花瓷杯，古意盎然的宋时小壶，清新淡雅的竹碗，琉璃盏，紫砂漏。但时时把玩，心头念念不忘的，仍是那两只手工粗陶梅花杯。简约的款式，杯面为青色粗陶质地，杯里是一片素色，一枝红梅自杯底斜斜逸出。若是盛了茶水，或是琥珀色的普洱，抑或是浅绿翠竹，那梅花便似笼在一片云烟里，盈盈地盛放开来。

今夏，雨水颇丰。每至入夜时分，那淅淅沥沥的雨，落在植着莲荷的陶缸里，发出微小明亮的回声。许是荡开了涟漪，最终又归于沉寂，周而复始。这时隔帘听雨，为世间最美的情事，说是听雨，亦为赏心。

雨后江南，天空清澈，远处云山氤氲，潮湿的空气，似拧得出水来。老旧的青瓦黛墙，又添了几许深厚的苔藓。万物生灵，有着其妙不可言的美丽。盛雨水煮春茶，取梅花小石瓢壶冲泡，于淡淡香茶里，忆一段陶的前世今生。

也许有一天，我会开一家陶的小店，取名陶之初。木质的古架上，随意摆放几只粗陶花瓶，姿态古拙，意趣天然。每款紫砂壶，刻着即兴而成的花木，写几首自题的绝句小令。而我，着简布素衣，挽发髻，斜插一支木簪，在陶的风霜里，淡然如初。

一直深信，每一件器物都有其灵性与风骨。如若不然，那飘荡千年的尘，纵横了经纬，最终零落成泥，经故事雕琢，与火同生共死。它掩去初时光芒，安静无言地等待着来往过客，将其深深打量，而后遗忘。

是缘，亦是过往。

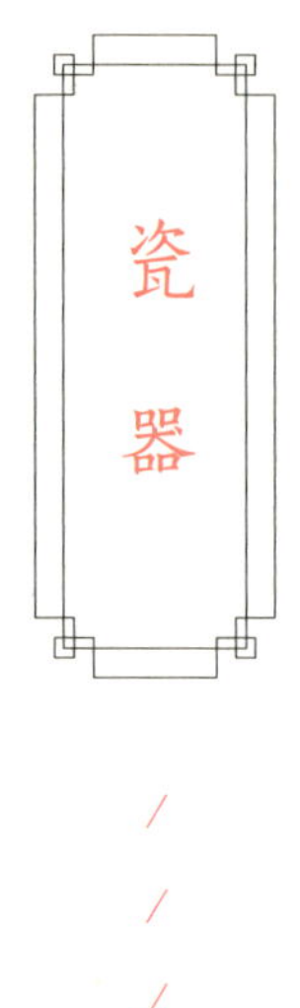

瓷器

隔帘听雨，午后时光寂寥悠长，一如那首《秋水悠悠》的古琴曲，缥缈旷远。窗外烟峦点染，潮湿的植物，澄澈如水。远处若隐若现的风景，被淡青色烟云缭绕。短暂的相遇，恍如刹那惊鸿。倏尔，不见。

焚一炉百年老檀，岁月的沉香弥漫了整个书房，而我似乎可以顺着烟雾的方向，寻到曾经执手约定的过往。案几上轻薄剔透的白瓷杯里，浸着几朵合欢花。合欢在温热的水中盈盈浮落，浅红明亮的汤色，如同前世情人的眼泪，将白瓷映衬得忧伤而美丽。

这是一个收藏灵魂的季节，壁橱里摆放着一排洁净的青花瓷罐。罐子里储存的是我今年新酿的青梅酒、枇杷酒，还有用合欢和茉莉花浸泡的酒。制作的每一个过程都细致入微，仿佛将花木的灵魂和情愫装入瓷瓶内，免去了它们宿命的轮回。而瓷，亦在静止无言的时光里，散发出历史温柔的光芒。

我爱瓷，爱它的素雅沉静，爱它的高贵端然。这洁净玲珑的旧物，古代女子用来装胭脂水粉，观音用来斜插一枝绿柳，《红楼梦》里用来煮水烹茶。它装点过文人墨客的书房，富丽了皇族贵胄的厅堂，也丰富了百姓人家的陋室。

从古至今，太多人对瓷有着深刻的情结。瓷的温润晶莹、玉骨冰肌，以及那停留在器皿中的温度，萦绕不去的情怀，在岁月华丽的枝头，幽深彻骨，风情万种。

中国是瓷器的故乡，那些飘忽无定、无根无蒂的尘土，在华夏大地找到了生命归宿。它们凝聚山水日月之精魂，成为中华古国瑰丽传奇的宝藏。瓷器起源于三千多年前，由陶器演变而来。商代和西周遗址中发现的青釉器，质地较陶器细腻，胎色以灰白居多，被世人称作原始瓷器。

从商代，经西周、春秋战国至东汉，瓷器有了不可遮掩的锋芒。东汉至魏晋多为青瓷，南北朝以白釉瓷为主。再历盛唐，到宋时，名瓷名窑已遍布大半河山。宋瓷有如宋词，婉约含蓄，清丽典雅。每一种釉色，都有情感；每一款图案，都有记忆；每一个名窑，都有故事。历史上著名的五大名窑，汝窑、官窑、哥窑、钧窑和定窑，皆投宿在宋朝明净的光阴里。

名瓷之首，当以汝窑为魁，淡青色为主，温润清雅。明徐渭曾题诗："花是扬州种，瓶是汝州窑。注以江东水，春风锁二乔。"汝窑的工匠以名贵的玛瑙入釉，使得汝瓷"青如天，面如玉，蝉翼纹，晨星稀，芝麻支钉，釉满足"的美誉为历代所称颂。况汝窑瓷器存世量极少，十分珍稀。周世宗曾御批："雨过天青云破处，这般颜色作将来。"那烟雨天青色的汝瓷，温润纯净，似把玩的美玉。

《红楼梦》是一部容纳世间百相的著作，大观园里亦不只是缠绵悱恻的儿女情长。从吃茶到饮酒，诗词到戏曲，禅佛到道教，人生百态、万象世情皆入其间。那引人入胜的朱红门扉，道尽离合兴亡。而瓷，亦随着沁芳溪的水、潇湘馆的竹、栊翠庵的梅、蘅芜苑的香草，散发着诗性典雅的气质，亦透露出惆怅破碎的悲情。

黛玉初入贾府，去王夫人处拜访，入眼之物即有一尊汝窑美人觚，觚内插着时鲜花卉。宝钗的蘅芜苑，奇草仙藤，异香扑鼻，屋内却如雪洞一般，一色玩器俱无，只案上一个土定瓶中供着数枝菊花。宝钗者，也只有定瓷的古朴不失灵秀，粗犷唯见雅致可相媲美。瓷器不仅蕴含了文化，也寄寓了性情。

那一年的江南，素雪纷纷，天地间一片洁白如瓷，剔透莹澈。苏州香雪海梅花似雪，暗香浮动，天人女子妙玉着一身素衣，挽如云长发。她将梅花瓣上的白雪收入鬼脸青的花瓮，而这花瓮乃是钧窑烧制的上品瓷器。后将沁了幽幽梅香的雪水，埋于树根之下，经岁月沉淀，五年后，她方舍得取出来煮茗。于是有了她请黛玉、宝钗以及宝玉品茶的那一段风雅故事。

栊翠庵花木葱茏繁盛，炎夏仍是花气袭人。贾母初次带刘姥姥去妙玉处吃茶，妙玉对于喝茶极为讲究，况又出身书香官宦世家，对于茶道瓷器亦格外用心。她亲自用成窑五彩小盖钟，盛了旧年雨水冲泡的老君眉，捧与贾母，而众人皆是一色官窑脱胎填白盖碗。成窑之珍稀贵重堪配贾母，官窑脱胎填白盖碗亦不落俗套。众生慈悲，世法平等。

水墨青花，那飘荡千年的美丽与哀愁，在迷蒙烟色里渐渐晕染了痕迹，素胎青釉色，似流水淡烟，宛若对青春韶华许下永久的诺言。亦唯有淡漠花青的韵致，方配得起这般高贵优雅的灵魂。徐志摩的《水墨青花》曾云："轻吟一句情话，执笔一副情画。绽放一地情花，覆盖一片青瓦。共饮一杯清茶，同研一碗青砂。挽起一面轻纱，看清天边月牙。爱像水墨青花，何惧刹那芳华。"

漫漫多情话，恰似水墨青花。青花瓷，是所有瓷器里我最为钟爱的一种。被誉为"瓷都"的景德镇所烧制的元青花亦成为瓷器的代表，所产瓷器具有"白如玉，明如镜，薄如纸，声如磬"的独特风格。初露风采，便已风靡一时，成为景德镇传统名瓷之冠。与青花瓷并称四大名瓷的还有青花玲珑瓷、粉彩瓷和颜色釉瓷。而瓷都曾出现过"村村窑火，户户陶埏"的绮丽景观。

我本江西临川人氏，幼时家中所用物品，皆为景德镇烧制的瓷碗、瓷盘、瓷缸、瓷瓮。虽然只是民间青瓷，有些瓷具却上了年代，为先人所藏，亦极珍贵。那时瓷器太过寻常，到底不曾珍惜，一些完整的瓷瓮、瓷罐，被识货的古董商人下乡廉价收购，摇身一变成了珍稀的古物。余留几件破损的瓷器，亦被丢弃于角落，几经迁徙，不见踪影。如今只能凭着记忆，想象瓷器上那几笔淡墨青花，逢人说几句悔意的话。

青花瓷上的写意淡彩，裹着岁月包浆、云烟往事，空灵隽秀，飘逸出尘。青花宛若烟雨江南，色泽淡雅，抑或浓艳，都有其不可言说的美丽，难以名状的神韵。时光浸润了脉络，岁月书写着风骨，青花瓷永远一如初见，秀雅姿容，令人惊心。

至清时，瓷器制造历数千年悠悠岁月，已是登峰造极，斑斓多姿。康熙时的素三彩、五彩，雍正、乾隆时的粉彩、珐琅彩都是闻名中外、惊艳古今的精品。瓷如同每个帝王的性情，或素朴清逸，或浓墨重彩。百态千姿的纹饰，栩栩如生的图案，摆放在紫禁城里，供帝王后妃赏用，尽显王者风流。

初识骨瓷，轻致细密，清凉明澈，似初恋的小女子，轻盈入骨，却又带着宿命的意味。但总觉得缺少了一份纯净，以及岁月打磨的痕迹。太过轻薄与纤弱，怕自己某个不经意的举止，会伤害它的美丽，因而少了那份追求的心情。

时光不待，草木有序，数千年的明与灭、土与火，那漫漫窑烟，似清幽玄妙的风景，落在静谧的人间。绿水清波，远山凝黛，是烟雨江南，亦是瓷器反复描摹的背景。旧时河山已逝，人情俱如云烟，徒留古瓷器上的青花，含蓄地讲述着阴晴圆缺的当年。

第五卷

一曲云水一闲茶

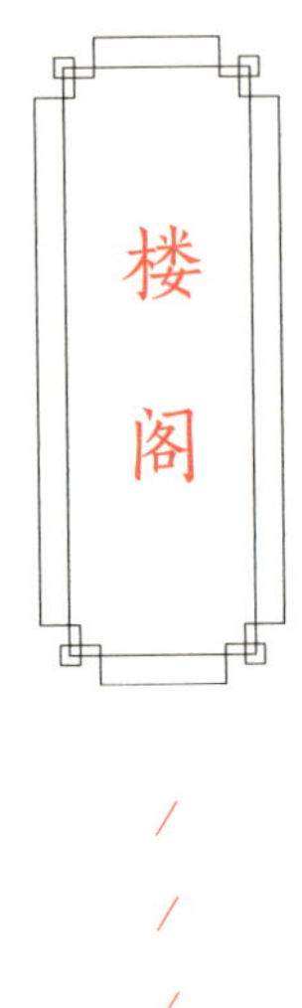

楼阁

/
/
/

江南梅雨，就这样漫不经心地下着，淅淅沥沥地让人忘记年岁。楼下院墙的植物，在烟水中，愈发地翠绿葱茏。窗台种的睡莲，已是荷叶田田。还有一株已经枯死的茉莉，竟在雨水中重生，发了新的嫩芽。草木的灵性与情长，是文字所不能言说的。于这人间修行，唯有它们，始终如初时那般洁净和清白。

独坐小楼，喝一壶闲茶，翻看潮湿的书卷。“若问闲情都几许。一川烟草，满城风絮，梅子黄时雨。”这是贺铸的《青玉案》，竟与此时情境一般相同。锦瑟年华，付与无情流光，这一路行来，风餐露宿，早已找不回当年清澈的自己。

而后听闻故乡的雨水，已经泛滥成灾。河水本无过错，然它一个简单的转身，一声轻微的叹息，就足以令生灵涂炭，家园尽毁。檐间的水，流落千江，竟翻涌而来，冲倒每一座瘦弱的桥，以及原本就已风烛残年的老宅。

记忆在梅雨中泛潮，我开始牵挂幼时居住的宅院，以及那座古老的木质楼阁。小时候，总爱独坐在木楼上，看悠然的云，听萧疏的雨，赏明净的月。喜欢高处远眺，看起伏的山脉，错落的稻田，聚散的屋舍，或是墙院上，一丛不知名的野花。而今，那些熟悉的事物，早已将我抛弃，不会再来。

古人建楼阁，是为了做藏书、远眺、巡更、饮宴、娱乐、休憩、观景之用。城楼在战国时期已经出现。汉代皇帝崇信神仙方术之说，高峻空旷楼阁上可以会仙人，汉武帝时曾建井干楼，高达五十丈。他们在楼阁之上饮宴、会仙、望远、辞行，城楼成了一块神圣不可侵犯的领土。

佛教传入中国，一时间，崇山峻岭的山林，建筑古刹楼阁。高耸入云的佛塔，让众生心生敬畏。《西游记》里有一幕夜深时分唐僧师徒扫塔的场景，感人至深。歌词云："乌云压顶夜森森，塔铃儿响声声。夜色昏暗灯儿不明，知是宝塔第几层。一片禅心悲众生，师徒扫塔情殷殷。驱散妖雾乾坤净，换来晴天，换来晴天月儿明。”

《西游记》第三十六回，有一段这样的描写：“那长老在马上遥观，只见那山凹里有楼台迭迭，殿阁重重。三藏道：‘徒弟，此时天色已晚，幸得那壁厢有楼阁不远，想必是庵观寺院，我们都到那里借宿一宵，明日再行罢。’”

如今寻访名山胜地，依旧可以看到许多保留千载的佛塔名楼。取清幽僻静之处，设藏经阁、大悲阁、钟鼓楼。众僧侣在楼阁之上阅经打坐，品茗说禅，听风赏月，消遣寂寞的光阴。但凡有寺庙道院，皆可见得楼阁亭台，道骨清风。

唐人杜牧有诗吟：“千里莺啼绿映红，水村山郭酒旗风。南朝四百八十寺，多少楼台烟雨中。”说的是南朝遗留下来的佛教建筑，在烟雨中若隐若现，更添迷离之美。朝代更迭，楼台依旧，四百八十古刹，已成了众生追寻朝拜的风景。

皇宫大院，以及贵族府邸，亦建轩榭楼阁。后楼、厢楼、东楼、戏楼，大多临着亭台水榭而建，构造巧妙，精致典雅。雕刻之饰，富丽堂皇。素日里空置着，雅兴起时，便相聚一处，摆宴听戏，饮酒作乐。红墙绿瓦之内夜夜笙歌，却不知登高远眺，彩云易散，春风秋月各自茫然。

江南的亭台楼阁更是婉转多韵，建于曲栏回廊处，丛林草木间，景致清幽，雅逸绝俗。最为别致的，则是江南古典园林，往日王侯官府的私家宅院。他们在园林风景绝佳处设幽馆，筑楼台，听戏宴会，吟诗作赋，赏四时丽景，品趣味人生。

唐人韩偓有诗吟："恻恻轻寒翦翦风，杏花飘雪小桃红。夜深斜搭秋千索，楼阁朦胧细雨中。"春雨清寒，杏花如雪，秋千空悬，夜雨朦胧的楼阁，隐现出无限缠绵之意。也许楼阁之内，有美人如许，红泥小火炉，烹煮佳酿。这雨中楼阁，以及楼阁里的情景，竟那么耐人寻味。

"楼阁宜佳客，江山入好诗。清风水蘋叶，白露木兰枝。"此为白居易《江楼早秋》之句。楼阁临江而建，引起无数诗客登楼赏阅这南国秋景。湖光朝霁，蘋叶聚散，看波涛逐浪，如画江山。白居易有着深刻的江南情结，曾写下三首《忆江南》，千百年来，被无数人吟咏回味。他登楼感怀，赏景作诗，期盼有一天可以找到心灵的原乡，返回故里。

还有一位登楼望远的词人，在一个中秋之夜，酩酊大醉，写下一首永远的《水调歌头》。“明月几时有？把酒问青天。不知天上宫阙，今夕是何年。我欲乘风归去。又恐琼楼玉宇，高处不胜寒。起舞弄清影，何似在人间。转朱阁，低绮户，照无眠。不应有恨，何事长向别时圆？人有悲欢离合，月有阴晴圆缺，此事古难全。但愿人长久，千里共婵娟。”

空旷的楼阁之上，皓月当空，亲人千里，词人思绪轻灵，有一种遗世独立的缥缈和孤独。宫殿楼台，离天的距离很近，似乎可以感受到广寒宫的凄凉与寂寞。月亮转过朱红华丽的楼阁，又低低地透进雕花的古窗里，照着满怀心事、不得安眠的人。明月本无错，却在世人离别之时，悄悄团圆。虽说高处不胜寒，但苏东坡终究是洒脱的，他说但愿人长久，千里亦可以共婵娟。

最负盛名的楼阁当为江南三大名楼——岳阳楼、黄鹤楼、滕王阁。“洞庭天下水，岳阳天下楼。”北宋文学家范仲淹曾为岳阳楼写下传世名篇《岳阳楼记》：“至若春和景明，波澜不惊，上下天光，一碧万顷；沙鸥翔集，锦鳞游泳；岸芷汀兰，郁郁青青。”赏阅洞庭湖皓月千里、静影沉璧的佳景之时，更写出他“不以物喜，不以己悲”，“先天下之忧而忧，后天下之乐而乐”的旷达情怀。

“黄鹤楼中吹玉笛，江城五月落梅花。”这是李白登黄鹤楼写下的名句。黄鹤楼临巴山群峰，接潇湘水云，古老典雅的楼阁，承唐宋遗风，过往历史，仍被后世追忆。三国时，黄鹤楼曾为军事目的而建，后成了官商行人旅游之地，饮宴之所。黄鹤楼曾有仙人驾鹤经此，遂以得名。唐人崔颢有诗吟：“昔人已乘黄鹤去，此地空余黄鹤楼。黄鹤一去不复返，白云千载空悠悠。”

“落霞与孤鹜齐飞，秋水共长天一色。”这是王勃写滕王阁的名句，至今依旧让人向往那落霞孤鹜、秋水长天的景象。我曾几度踏寻古人先迹，登临滕王阁。纵览滔滔赣江水，远眺万里长天，青山横翠，流云竞走，长桥卧波。几叶小舟漂浮在江河之上，渐渐隐没于苍茫水波，不复与见。

“关山难越，谁悲失路之人？萍水相逢，尽是他乡之客。”每一天，都有天南地北的过客登楼赏景，萍水相遇，如一场亭榭歌舞，转瞬即逝。之后，各自奔走于车水马龙的尘世，再度相逢，已不知会是何处人家。若然有幸，寻一知己，执手相待，坐看云起，又该是怎样的情长？

年少时尤喜辛弃疾的一首词："少年不识愁滋味，爱上层楼。爱上层楼，为赋新词强说愁。而今识尽愁滋味，欲说还休。欲说还休，却道天凉好个秋。"此时的我，看罢尘寰消长，心生凉意，如至清秋。这种醒透与凉薄，任世间多少情意，都不能将之捂暖。

有一天，若能再归故里，旧景重现，我只想再登一次阁楼，在晚云收起、日落薄暮之时，再看一场远去的雁南飞。

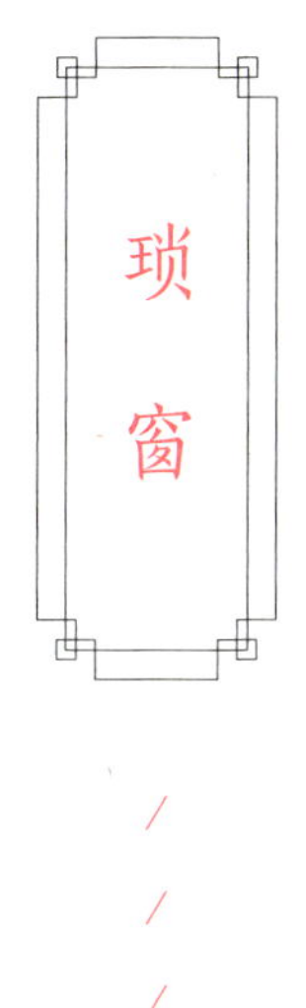

此刻，风从檐角穿过，云在窗外踱步。而我，于一扇明净的窗牖下，盘膝而坐，独品闲茶。远处青山叠翠，近处杨柳依依，这虚实相生的风景，加之浓淡相宜的佳茗，美得恍若梦中。

这一直是我想要的生活，宁静安稳，闲淡朴素。时光早已将青春抛得太远，深沉的岁月爬过肩头，行至眉上。唯对镜时，方知流光无情，沧桑容颜，触目惊心。曾经的错过与缺憾，已经无法用光阴去弥补，而我依旧固执地守护那个纯净的梦，不改初衷。

一个人，一扇窗，如此不被惊扰地活着，胜过奔走于喧嚣俗世。

和一个陌路人晦涩地交谈，与一片风景假装对视，都是我所不愿。当年佛祖在一株菩提树下，获得证悟，了断尘缘。而我亦期待可以在一扇幽窗下，静坐白头，弹一首相思的曲调，哪怕今生不得相逢。

年少的我，每天倚着老屋里那扇雕花的古窗，看雨水滴落在天井石阶，看繁花纷飞于庭院回廊，看檐角时光慢慢地远去。我总会想象小窗之外遥远的风景，那陌生的世界，诱惑远行。后来真的背上行囊，走过无数座桥，见过无数的云，却再也没有遇到过故乡那样古老的窗，那样明净的月。

江西老宅，属徽派建筑，明清之风，灵秀典雅。一门一窗，一梁一柱，都有耐人寻味的古典主题。花窗之上，雕刻的不仅是渔樵耕读的故事，亦有阳春白雪的诗情。有仕女抚琴、雅客横笛、渔父垂钓、诗翁题句，许多民俗人物、历史典故，都被雕刻成图案，绘在窗牖上，雅趣横生。

窗不仅做采光通风之用，更成了一种文化艺术。自西周开始，到战国，便有了落地式的棂格窗，造型古朴，简约雅致。汉代的窗，在形制上已经十分完备。魏晋南北朝时出现了成排的直棂窗，窗边悬挂幕帘与帐幕。唐宋之后承接魏晋遗风，加之改善，窗户的造型已是姿态万千。槛窗、支摘窗、什锦窗，各式窗牖，曲棂横列，阳光下水波荡漾，光影闪烁，美妙绝伦。

明清时候，江南盛行园林之风，回廊与外墙上，常有造型典雅、风格独特的小窗点缀其间。窗饰的种类多达百种，梅花形、扇面形、寿桃形、六角形，从不同窗子观景，妙趣横生，意味无穷。苏州园林常以薄砖青瓦砌成窗棂，以各种植物图案装饰窗心，形态优美，别具匠心，令人观后心旷神怡。

最美的当为庭院楼阁的木窗，装饰古朴，所刻之图内容丰富。花卉山水、虫鱼鸟兽、人物故事、戏曲佛教，尽入其中。倚着幽窗，看窗外假山奇石、红杏一枝、芭蕉几树、翠竹数竿，可谓风情万种，妙处难言。白日观景，夜间赏灯，时闻窗外翠鸟鸣枝，花落阶台。那一处，传来丝竹清音，几声唱腔，更是曼妙多姿，夺人心魄。

每个人从出生到死去，都离不开一扇小小窗户。哪怕在行途路上，停歇于驿站旅馆，亦有一扇窗，是为你打开；有一盏灯，是为你点亮。一扇窗，给我们带来一种归属感，仿佛坐于窗外，就可以免去风雨漂泊。离开那扇窗，我们都在接受命运的放逐，南北东西，不知何日重逢，对坐闲窗下，看圆缺的月，说冷暖的话。

李商隐有诗吟："君问归期未有期，巴山夜雨涨秋池。何当共剪西窗烛，却话巴山夜雨时。"一场绵绵秋雨，阻隔了行程。羁旅巴山的李商隐，在夜雨中思念爱妻，只盼能够回归故里，与爱妻同坐西窗之下，剪尽烛花，絮说情话，共此良宵。西窗成了诗人心中割舍不断的依恋，道不尽的悱恻缠绵。

白居易为江州司马时，亦写过一首《夜雪》诗："已讶衾枕冷，复见窗户明。夜深知雪重，时闻折竹声。"雪夜里，诗人独自拥衾而卧，隐约见得积雪映照于窗户，光影明亮。不时听闻院落里，积雪折竹，给这宁静的雪夜，增添几许无言的美丽。原本冷落的心肠，亦有了几分慰安。人生很远，终只是一扇窗的距离。窗外掠过的原只是浮世烟火，如梦幻泡影，转瞬即逝。

陶渊明在《归去来兮辞》里吟："引壶觞以自酌，眄庭柯以怡颜。倚南窗以寄傲，审容膝之易安。"放弃仕途的陶潜，早已看遍沧桑世味。如今一扇小窗，就足以寄他傲世情怀。真正的旷达与坦荡，并非居住在华丽高贵的庭园，一个简朴的房间，亦可以搁浅疲惫的灵魂，给予安稳和闲情。

窗与读书人，渊源甚深。十年寒窗苦读，一朝金榜得中，便可青云直上。《西厢记》云：“投至得云路鹏程九万里，先受了雪窗萤火二十年。才高难入俗人机，时乖不遂男儿愿。空雕虫篆刻，缀断简残编。”

《三字经》云：“如囊萤，如映雪。家虽贫，学不辍。”说的则是孙康映雪、车胤囊萤的典故。此二人家境清贫，然求学之心，日月可鉴。多少个寒窗雪夜，借着明月光影、微弱萤火，苦读冥思，为求果报。此番执着，被后世推崇，传为佳话。

“佳人当窗弄白日，弦将手语弹鸣筝。”窗与闺阁女子，更是形影不离的知音。古时闺阁绣户，楼台思妇，漫长的人生光阴，都是在一扇扇琐窗之下度过。她们守着窗内狭窄的小天地，洗手做羹汤，织补叹夜长。也曾渴望窗外世界，与扁舟游子，天涯同行。然这一生的青春岁月，都锁在窗内，这里是开始，亦为归宿。

“机中织锦秦川女，碧纱如烟隔窗语。”这位织锦的秦川女，一如南北朝时窦滔之妻苏蕙，独守空房的她，在锦缎上绣下巧夺天工的名作——璇玑图。璇玑图无论正读、反读、纵横反复，都可以是一篇锦绣诗章，此后无数闺中绣户争相传抄。也许她们情怀相当，但真正深知其意的，却寥若晨星。碧纱窗内，总能见到这些女子伶俜的身影，听到轻微的哀叹。多少青春女子就这样等到白头，在窗下，孤独老去。

林黛玉曾在一个风雨之夜，于凄清的潇湘馆内，写下《秋窗风雨夕》。“秋花惨淡秋草黄，耿耿秋灯秋夜长。已觉秋窗秋不尽，那堪风雨助凄凉！助秋风雨来何速，惊破秋窗秋梦绿……”如此旷世才情，风华之貌，终被世情辜负。只闻得秋雨敲窗，一声声，一阵阵，令人心碎断肠。

“夜来幽梦忽还乡。小轩窗，正梳妆。相顾无言，惟有泪千行。”苏轼在梦中见亡妻王弗魂魄归来，正临窗而坐，对镜梳妆。梦醒之后，寒窗寂寥，竟无处话凄凉。回忆那年时光，郎情妾意，轩窗下，他为她描眉点翠，她对他脉脉含情。昨日恩情，已是幻影，只换取尘满面，鬓如霜。

轩窗之内，还有一个著名典故。传说秦桧之欲杀岳飞也，于东窗下与妻王氏谋之。后秦桧死，王氏请道士招魂，见桧戴着枷锁，备受诸苦。桧曰：“可烦传语夫人，东窗事发矣。”后“东窗事发”，即罪行或阴谋败露之意。

“黄鸟何关关，幽兰亦靡靡。此时深闺妇，日照纱窗里。”多少故事被隐藏在琐窗深处，岁岁年年，不见天日。梅花落尽，柳叶青；红枫满地，冬雪白。轩窗外，翻来覆去地演绎着四时光景；轩窗内，更换了多少佳人丽影。岁月就这样仓促地老去，留下无数空白，无从填补，无处寻觅。

如若可以，愿尘世中的你我，今生得以寻到一处黛瓦白墙的居所。小窗闲卧，自醉东篱，折取春杏，静待月圆。

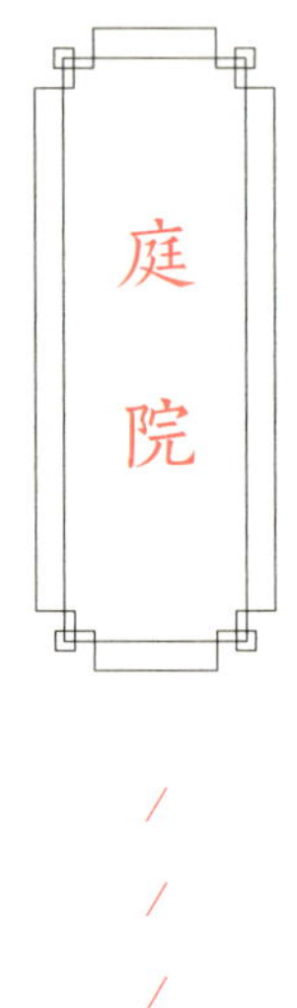

庭院

/
/
/

记忆中，也曾居住过那么一个庭院，不风雅，却简约别致；不奢华，却朴素安逸。篱笆修筑的院落，几树桃柳，几丛青草，一方竹桌，几张竹椅。春天农耕，闲时赏花；夏夜乘凉，静剥莲子；秋天种菊，自酿花酒；冬日观雪，围炉猜谜。

后来到底还是离开了乡村小院，去了灯火阑珊的都市。并非不知珍惜那份宁静，无奈听命于尘世的摆弄，在清贫中挣得更好的生存。只是那满城被修饰的树木，被梳理的花草，像是一个清秀女子抹上了脂粉艳妆，没有乡村植物那般古朴天然。

如今回到古镇山村，修个庭院，筑间小屋，是许多人心之所往的追求。多少人甘愿丢下繁华，舍弃功利，于深深庭院栽花种草，读书品茗。寂寞时，约上邻人，做几道小院栽种的蔬菜，品几盏自酿的果酒，闲话古今，悠然忘尘。这看似平淡的生活，竟成了一种奢望，有时候幸福明明很近，却不能与之有交集。

相信，终有那么一日，我会有一座安身的小院，素洁简净，恬淡清宁。可以不见许多生人，任凭绿色藤蔓爬满墙院大门，草木肆意生长。我只守着小小庭院，方寸岁月，无意外面熙攘人潮，漫漫河山。亦不要谁人记住，江南的落梅小院，江南的我。

当下的江南，庭院园林多不胜数，每逢节日，游客如涌而至，赏景成了赏人。亦有闲暇清静之时，如画春景，疏淡秋山，任你闲庭漫步，相看流连。但纵然你多么沉迷这座美丽的古典园林，亦做不了那里的主人。月上柳梢之时，所有的过客皆要离去，只留下一座空园，孤独地回忆那些再也回不去的曾经。

陆游曾有词写道：“镜湖元自属闲人，又何必、君恩赐与。”园林在古时原本是官宦人家所有，如今市井凡人，亦可入园赏花，算来已是恩德。但百姓人家，有自己的篱院茅舍，门前流水，远处青山，无须官家赐予，自可随时赏景。耕织垂钓，把酒桑麻，虽是粗茶淡饭，却乐在其中。

《玉篇》中曰：“庭者，堂阶前也。”“院者，周坦也。”乡村农舍修筑小院，一般无多讲究，为求简易，破几根野竹，或砍几株树木，就围成了院子。陶渊明曾归隐南山，采菊东篱，于山野田园修筑小院，散淡度日。有诗吟：“方宅十余亩，草屋八九间。榆柳荫后檐，桃李罗堂前。”

大户人家的院子，则要测量方位，安排布局。侯门大院的园林，更要请神祭拜，寻签问卦。《周易·系辞下》曰：“古者包牺氏之王天下也，仰则观象于天，俯则观法于地，观鸟兽之文与地之宜，近取诸身，远取诸物，于是始作八卦，以通神明之德，以类万物之情。”

“庭院深深深几许？杨柳堆烟，帘幕无重数。玉勒雕鞍游冶处，楼高不见章台路。雨横风狂三月暮，门掩黄昏，无计留春住。泪眼问花花不语，乱红飞过秋千去。”欧阳修的这首《蝶恋花》，历来深受世人喜爱。从此无数人开始寻梦，梦那杏花烟雨的江南，梦那庭院深深的月光。

《红楼梦》里因元春省亲，特建了富丽堂皇的大观园。整座大观园高台林立，有亭阁围廊、湖泊假山、曲水流觞、奇卉珍禽，可谓包罗万象，韶华盛极。大观园又分为潇湘馆、怡红院、蘅芜苑、栊翠庵、秋爽斋、稻香村、藕香榭等宅院。

每座小院因为主人之喜好，有着不同的山水林木装饰。林黛玉的潇湘馆最为清幽，几竿修竹，衬了她孤僻心境。妙玉栊翠庵的几树寒梅，亦如她的清洁傲骨。刘姥姥曾有幸畅游大观园，品茗栊翠庵，醉卧怡红院。在她眼中，像大观园这样繁华富丽的庭院，犹如天府仙源，纵是画中也不能得见。为此，贾母特命惜春将这园子画下，惜春曾说几年工夫亦不能画完。

林黛玉有诗一首，名《世外仙源匾额》：“名园筑何处，仙境别红尘。借得山川秀，添来景物新。香融金谷酒，花媚玉堂人。何幸邀恩宠，宫车过往频。”这一切可以触及的华贵，都只是黄粱一梦。今宵温柔乡里鸳鸯卧，明日红楼大厦一刻倾。

《牡丹亭》里最为华美绝艳的，当为那出游园惊梦。杜丽娘闺中寂寞，淡妆轻抹，到自家园中踏春赏景。她唱：“可知我常一生儿爱好是天然。”不到园林，怎知春色如许。又唱：“原来姹紫嫣红开遍，似这般都付与断井颓垣。良辰美景奈何天，赏心乐事谁家院。朝飞暮卷，云霞翠轩；雨丝风片，烟波画船。锦屏人忒看的这韶光贱！”

十二楼台赏遍，终于在梦里遇见了一持柳的俊朗书生。二人一见倾心，于是，他们在牡丹亭畔、芍药花前云雨相欢，温存缱绻。之后杜丽娘相思成灾，一病不起，不久香消玉殒，埋骨于庭园的梅树下。后书生柳梦梅拾得她的画像，掘墓开棺，令之起死回生。汤显祖在文章开篇写道：“情不知所起，一往而深。生者可以死，死可以生。生而不可与死，死而不可复生者，皆非情之至也。”

古时候，多少闺阁女子被锁在深深庭院，空对春光无限，辜负了似水流年。但小庭深院，亦结下过锦绣佳缘。《墙头马上》的李千金与丫鬟在后花园赏花，恰遇园外打马而过的裴少俊，后以身相许，与之私奔，藏隐在一处后花园内，为他生儿育女。虽一波三折，几经辗转，但最终破镜重圆，月下花前，朝暮成双。

苏轼的《蝶恋花》写过佳人于园中嬉戏玩乐的情景：“墙里秋千墙外道。墙外行人，墙里佳人笑。笑渐不闻声渐悄，多情却被无情恼。”这位多情的才子，亦只是平凡过客，仅一墙之隔，终无缘得见园内佳人的清颜。天涯芳草虽多，与君结缘的，却不知是哪一朵。

“萧条庭院，又斜风细雨，重门须闭。”才女李清照曾在园中感怀，重门深闭，怕那风雨相欺。南唐后主的庭院，亦是秋风横扫，寂寥断肠。“往事只堪哀，对景难排。秋风庭院藓侵阶。一任珠帘闲不卷，终日谁来？”故国的雕栏玉砌犹在，然山河破碎，再也梦不到燕啼莺啭，梅红柳绿。

“曲径通幽处，禅房花木深。”这是禅寺的庭院，曲径通幽之处，藏着飘逸绝尘的花木，令人忘却烦忧，纯净空灵。但白居易说过，真正的隐者，未必要在山林。深深庭院，亦可寄寓闲情雅趣，陶然忘情。有诗吟：“霭霭四月初，新树叶成阴。动摇风景丽，盖覆庭院深……偶得幽闲境，遂忘尘俗心。始知真隐者，不必在山林。”

“花径不曾缘客扫，蓬门今始为君开。”那是一段与山水鸥鸟相伴的日子，怀着与世隔绝的心境，独守浣花草堂。那日，诗人杜甫打扫花径，不曾为客开启的柴门，只为君开。谁曾有幸，做那草堂邻翁，手持竹杖，越过篱院，与他共饮几盏陈酿。

如若可以，我应该在今生有限的时光里，修筑一座小小庭院。栽柳种梅，植莲养鱼，于轩窗下读经卷，偶迎佳客，坐饮中宵。不去管，那院外匆匆流走的韶光，还剩余多少。

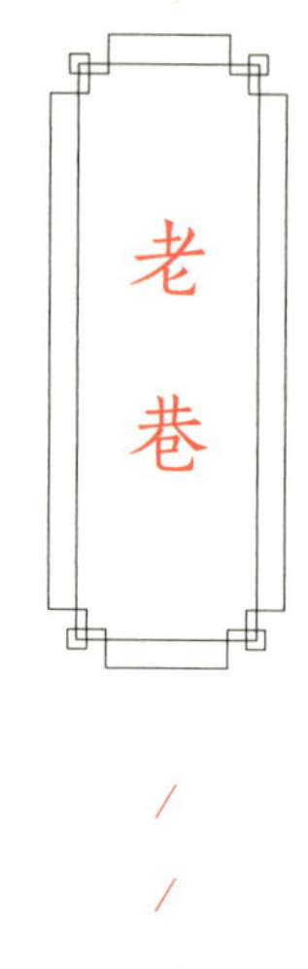

老巷

落日斜阳，暮色向晚，窗外的植物在微风中温柔低眉，来往穿梭的雁儿消失在淡蓝如洗的天际。薄雾下的古城，像满腹心事的女子，忧伤而美丽。寥寥行人，穿过古老的街巷，寻找着尘世里那一寸安放心灵之所。渐渐地，那些远去的人事，就这么被遗忘，不再提起。

都说，红尘是客栈，我们每日相逢与离散，只是为了一个归宿。倘若无法安宁地居住在某个古老庭院，不能与时光寂静相守，莫如乘一叶兰舟，独自漂泊于水上，做一个无牵无碍的闲散之人。恍然明白，原来洒脱比安稳更需要勇气。

“斜阳草树，寻常巷陌，人道寄奴曾住。”古旧的巷陌，立如往时，光阴迁徙，唯有岁月努力相撑。没有谁知道，这幽深巷陌里，曾经住了谁，如今又是谁住着。有些人，早已转身离去，天涯无踪。有些人，还在原地痴情守候，不知为了谁地老天荒。

我对小巷的情结，缘于幼年的记忆。小巷是江南寻常的风景，凡是有房舍的地方，皆有小巷。刘禹锡有诗吟：“朱雀桥边野草花，乌衣巷口夕阳斜。旧时王谢堂前燕，飞入寻常百姓家。”这里写的是金陵的乌衣巷，六朝古都的平常小巷，亦带着历史的繁华与沧桑。仿佛那里的一景一物，一砖一瓦，都蕴含深沉的文化，安享人世的荣华。

乡村的建筑，不够富丽奢华。但村庄的屋舍，保留明清遗风，多为高墙深院。纵是简朴人家，亦有雕檐画栋，分作东厢西厢。门口的石刻，堂前的木雕，为民间工匠所修筑，技艺精湛，风格淳朴。远处看去，青瓦黛墙的房舍，道路分明，被青山绿水环绕，于淡淡的云雾中，美到无言。

那些寂寥幽深的长巷，落在青瓦黛墙间，岁岁年年，一种姿态，一个神情，看着来来往往，或熟悉或陌生的过客。也曾有过青春容颜，经过时光的消磨，如今已是风烛残年的老者，模糊了过往爱恨，忘记了昨天悲喜。

小巷多为青石板路，历经风雨洗刷，被行色匆匆的路人踩踏，打磨得光滑而明亮。小巷两旁的墙壁，为青砖所砌，年深日久，长满了青苔。梅雨时节尤为潮湿，青砖的缝隙间，长出一些嫩草，以及一些不知名小花。雨水顺着檐角滑落，打在青石板上，不知道潮湿了多少路人的心情。

夜晚的山村，寂静清凉。小巷深处，只有一轮明月相伴，偶有夜归的行人，留下飘忽的身影，消失在苍茫夜色中。白日里，有披蓑衣戴斗笠的农人，有浣纱归来的村妇，有放学回家的孩童，亦有走街串巷的江湖艺人。这是他们人生旅程的必经之路，穿过小巷，找寻着各自的烟火。

那一年，我背着行囊，离开了故乡的老宅，离开了熟悉的巷陌。却不知，一别成了永远。后来，我走过无数个城镇，路过无数条巷子，也曾在怀旧与追忆中迷离，竟再不能有当时滋味。光阴弹指，年华仓促交替，有些片段，停留就是一生。

戴望舒的《雨巷》中，曾经有一个结着愁怨的丁香姑娘。“撑着油纸伞，独自 / 彷徨在悠长，悠长 / 又寂寥的雨巷 / 我希望逢着 / 一个丁香一样地 / 结着愁怨的姑娘 / 她是有 / 丁香一样的颜色 / 丁香一样的芬芳 / 丁香一样的忧愁 / 在雨中哀怨 / 哀怨又彷徨 / 她彷徨在这寂寥的雨巷 / 撑着油纸伞……”

在美丽的烟雨江南，有一条悠长寂寥的雨巷，假如有缘，定然可以逢着一个丁香一样忧愁的姑娘。她撑着一把红油纸伞，衣袂飘飘，散着丁香一样的芬芳。她的存在像是一个梦境，多少年前，她在雨巷里踱步；多少年后，她依然在雨巷往返。从来没有人可以真正看清她的容颜，每一次擦肩，留下的只是一个叹息的目光，一个美丽哀伤的背影。

江南小巷，因了这个丁香姑娘，成了观赏追寻的风景。每个人来到雨巷，都期待与她相逢，纵然只是一个恍惚的梦，亦愿意为之沉醉不醒。其实这一切，都只是诗人笔下一个朦胧的幻象。那个神秘的丁香姑娘，却住进了世人的心中，不敢相忘。没有谁可以期待拥有一份地久天长。走出雨巷，世事一如既往。

“君到姑苏见，人家尽枕河。古宫闲地少，水港小桥多。”江南的烟雨长巷，尽管也历尽沧桑，却总像一个清丽的女子，风雅多情，精致婉约。小巷里，飘荡着吴侬软语，带着一种与生俱来的温柔和繁华。它可以从脚步声里，分辨出谁是异乡之客，谁是梦里归人。

“世味年来薄似纱，谁令骑马客京华。小楼一夜听春雨，深巷明朝卖杏花。”这是京城临安的深巷，传来阵阵卖花声。那曼妙多情的水国女子，在烟雨中飘忽来去，让与之邂逅的人，念念不忘，再难释怀。期待有一日可以和她，同坐绿纱窗下，剪烛夜话，闲听落花。

“绿杨阴里穿小巷，闹花深处藏高楼。”我注定做不了那淡紫素洁的丁香，无法遇着一段像丁香一样美丽的情缘。却愿做那株青柳，倚在青石巷陌，看来往人流的疏淡生活；愿做过客脚下郁郁青苔，独守斜风细雨，雾霭烟深。

多少闲逸时光，恬淡故事，从一条巷子开始。任浮世繁弦急管，小巷可以过滤所有的风尘，每个路人行经此处，皆要放下匆匆步履，怕自己的闯入惊扰了巷子的宁静。

子曰：“贤哉，回也！一箪食，一瓢饮，在陋巷，人不堪其忧，回也不改其乐。贤哉，回也！”做个像颜回一样的人，安贫乐道，淡然处世。高士情怀，莫过于一箪食，一瓢饮，闲居古巷陋室，行看流水，坐看飞云。

小巷闭门，有稀疏路人走过，转身去了远方。烟雨拂过经年的记忆，原以为今生再也回不去旧宅深院，其实它一直都在，从未离开。我的心里，有一条悠长寂寥的小巷，巷子里的风物，巷子里的故人，永远只是从前的模样。久远的故事，就这样从小巷里，缓缓地流淌出来，散于风中，无处可寻。

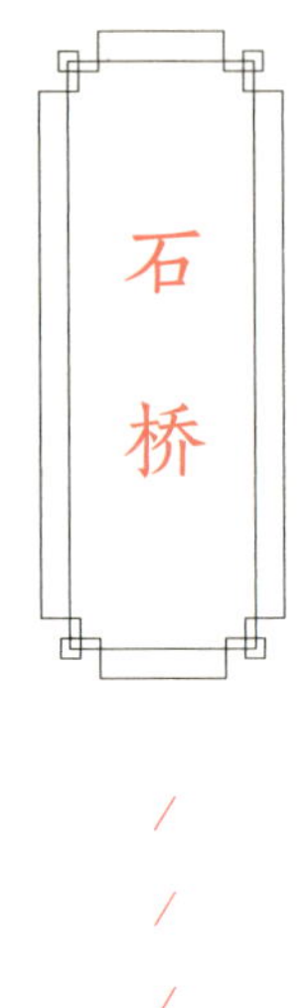

石桥

/
/
/

近来，总是滋生一个念头，一个人，一叶舟，千里横波，寄身江海。就这样云影渺渺、雾霭沉沉地向天际飘去，融于山水间，无牵无挂，无生无死。然真正的洒脱通透，是居苍茫人海，亦可淡定心弦，云淡风轻。倘若放不下心灵的包袱，纵是隐居山林，放舟云水，亦跳不出红尘万丈。

《庄子·逍遥游》曰："藐姑射之山，有神人居焉，肌肤若冰雪，绰约若处子；不食五谷，吸风饮露；乘云气，御飞龙，而游乎四海之外。其神凝，使物不疵疠而年谷熟。"姑射仙子不过是传说中的人物，尘世间又何来如此天资灵气的女子，当真可以不食五谷，餐风饮露？万物生灵，皆背负使命，纵是山石草木，飞鸟虫蚁，亦不可随心所欲，自在无心。

生而为人，莫不被名利所缚，为情爱所缠。佛陀尚有不能逾越的藩篱，不可放下的执念，无法言说的苦楚，何况凡夫俗子？《石桥禅》有一出这样的故事。一日，阿难对佛祖说："我爱上了一个女子。"佛祖问他："有多爱？"阿难说："我愿化身石桥，受五百年风吹，五百年日晒，五百年雨打，但求此女子从桥上走过。"

是怎样的爱，让阿难愿舍身弃道，甘受情劫之苦。他可知，这尘世上不是所有付出的真心，都可以得到同等的回报。也许他所爱的女子，正在为别的男子受着情劫。爱情从来没有对与错，爱与不爱，都不需要理由。命运之河，让多少前尘种种付诸东流。唯有那千古石桥，依旧横亘于山水两岸，不知在为谁等候天荒。

石桥杨柳，烟波画船。这样的景致，古往今来，于江河湖岸，不胜枚举。有桥的地方，定然有水，有水之处，则见行舟。江南多水，每个古城小镇，乡村山野，都设有许多座桥。无论是闻名于世的廊桥，还是单薄瘦弱的独木桥，它们只有一种姿态，送往迎来，安于现状。

古人建桥，是为了出行方便。流水两岸，若无小桥相渡，只能借舟行驶。桥一直在付出，不求回报。横于翠水碧波之上，被风烟冲洗，世人踩踏，岁岁年年，无怨无悔。路人跨桥而过，只为抵达心之向往的人生渡口。诗客在桥上吟风赏月，寄景抒怀。钓翁于桥上闲坐，垂钓一江烟水，两岸清风。还有痴情者，在桥上往返徜徉，为了守候一段未知的姻缘。

小时候见过最多的桥，则是几根独木，或青石所砌的小桥。流水小桥，炊烟人家，西风古道，元曲家马致远曾用他的笔，描绘过一道乡村朴素之景。“驿外断桥边，寂寞开无主。已是黄昏独自愁，更著风和雨。”陆游的词原本书写梅花，然那驿外断桥，也是山野间令人顾盼回眸的风景。

试想绿水青山间，一座小桥独立，杨柳树下，系一叶小舟。偶有白鹭惊飞，几茎莲荷摇曳，惹得风韵无限。“隐隐飞桥隔野烟，石矶西畔问渔船。桃花尽日随流水，洞在清溪何处边。”诗人张旭将我们带去那个美丽的桃花溪，小桥云烟，桃花流水，这幽僻处恍如梦境。倘若可以，我愿停留在那温柔静谧的时光里，再无惧人世消磨。

江南名胜古迹的桥，比起乡野的桥，多了太多的诗情和故事。天下闻名的莫过于西湖的断桥、姑苏的枫桥，还有扬州的二十四桥。明画家李流芳《断桥春望图题词》称：“往时至湖上，从断桥一望，便魂销欲死。还谓所知，湖之潋滟熹微，大约如晨光之着树，明月之入庐。盖山水映发，他处即有澄波巨浸，不及也。”

千百年来，断桥未断，却一如既往可以赏阅西湖至美风光。犹记白娘子，在西湖断桥与许仙一见倾心。几经离散后，又在断桥重逢。她唱道：“西湖山水还依旧……看到断桥桥未断，我寸肠断，一片深情付东流！”原以为今世情缘如水，不料历尽千劫百难，终修得圆满。

“月落乌啼霜满天，江枫渔火对愁眠。姑苏城外寒山寺，夜半钟声到客船。”唐人张继的《枫桥夜泊》，让姑苏城外的枫桥以及寒山寺，成了世人纷纷寻觅的风景。隋唐以来，古运河孕育出繁荣的枫桥古镇，从此桨橹不断，涛声阵阵。枫桥下，不知停泊过多少来往的客船，他们为了心中的江南情结，甘愿飘零江海。

寒山寺夜半的钟声，给多少怅惘的客人指引迷津。世间一切恩怨，于佛祖，不过是拈花一笑。那些相聚于枫桥的旅人，和佛只有一墙之隔。有缘之人，懂得迷途知归，天地皆宽。无缘之人，听罢江涛，依旧于浮世漂萍转蓬。

“二十四桥明月夜，玉人何处教吹箫。”杜牧的诗句，给扬州的二十四桥留下了浪漫的诗情。许多个月明之夜，立于桥上，似闻隐约箫声，却终觅不见玉人倩影。后来，还有一位叫姜夔的词人，写下了美丽婉转的词句：“二十四桥仍在，波心荡，冷月无声。念桥边红药，年年知为谁生。”

我年少时候，曾深深喜爱过卞之琳的那首《断章》。“你站在桥上看风景，看风景的人在楼上看你。明月装饰了你的窗子，你装饰了别人的梦。”简短的几个字，却隽永精致。桥上、风景、明月、窗子、梦，这看似简洁的事物，组合在一起，竟生出无限美感。

桥上的人，也许是远行归来的游子。趁着明月如水的霜天，他伫立桥上，看烟波垂柳，流水画船。恍然觉得，过往的得失，都不重要。唯有人间山水，才可以真正给予宁静和永恒。他不知道，此刻的他，已经落入了别人的风景。楼台之上，正有一位佳人，给这游子惊鸿一瞥。

他们在相同的时间里，错过了彼此。桥上的人，把深情，托付给了风景。而楼上的人，将情意，给了桥上的人。幸有明月装饰着她的窗子，尽管她装饰了别人的梦。其实每个人在许多无意的瞬间，都陪衬过别人的风景。这世间有许多情感，换不来一次回首，因为你曾注视的那个人，根本不知道你的存在。纵然真的有缘产生交集，又未必是你想要的那剪明月光。

还有一座桥，叫鹊桥。牛郎和织女被银河隔开，王母允许他们每年农历七月七日相见。而这一日，会有成千上万的喜鹊用身体为他们搭建成桥，牛郎和织女便得以在鹊桥上相会，诉说情话。

秦观曾写过一首词，词牌为《鹊桥仙》。“纤云弄巧，飞星传恨，银汉迢迢暗度。金风玉露一相逢，便胜却、人间无数。柔情似水，佳期如梦，忍顾鹊桥归路。两情若是久长时，又岂在、朝朝暮暮。”只是多少人经得起久长的等待，若非有太多无奈的阻隔，谁不期待朝暮相处，执手相依。

有人在石桥看风景，有人在廊桥筑梦，有人在桥上重逢，有人于桥上远别。其实我们都只是廊桥的过客，借它渡江而去，邂逅彼岸未知的风景。远方，也许是明月净水，也许是更深的烟火。但我相信，每一次徙转，都是重生。

你看，那烟雨迷蒙的水湄，有小桥一座。撑着舟子的人，独自往湖心驶去，继而消失在缥缈水云间。放他去吧，不要询问归程，这世上再没有比天地更好的归宿。那曾经分离的桥，失散的人，有一天，还会相遇。

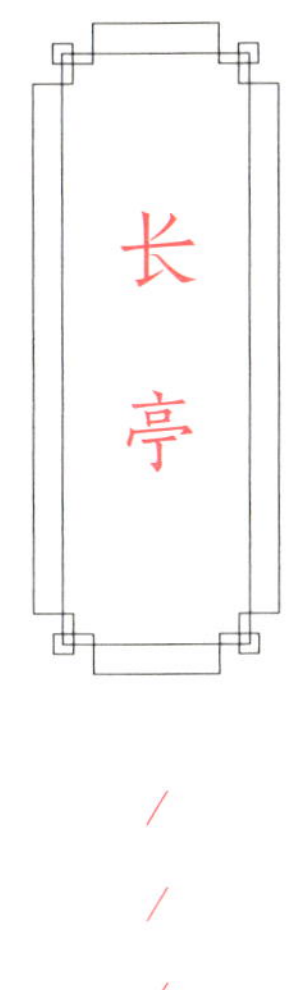

长亭

/
/
/

“长亭外，古道边，芳草碧连天。晚风拂柳笛声残，夕阳山外山。天之涯，地之角，知交半零落。一瓢浊酒尽余欢，今宵别梦寒。长亭外，古道边，芳草碧连天。问君此去几时来，来时莫徘徊。天之涯，地之角，知交半零落。人生难得是欢聚，唯有别离多。”

这是幼年喜爱的一首歌，在时光的瀚海里，唱了千百回。每一次，都会浮现出一幅画面。长亭古道，杨柳依依，悠扬婉转的笛声，在逶迤的山水间回荡，一如诗歌的起承转合，似淡淡离愁，于心中缠绕不去。纵然你是一个豁达潇洒之人，亦难免被这离别感染，而心生寥落惆怅。

后来，我在林海音的《城南旧事》里听到了这首歌，童年记忆，被徐徐晚风吹醒。再后来，知道这是弘一法师李叔同的《送别》。而我竟然喜爱上这般惨淡的景象，西风古道，长亭落日，岸边的瘦柳，被离人折尽。他们在古道边交杯换盏，诉说离情，未知的将来，深沉难测。就那样一个转身，一次回眸，策马扬尘，消失在若隐若现的茫茫山径。

那零落天涯的人，说好了归期，有多少可以如约兑现。诺言如风，不过是兴起时一段情深的对话，最后都会被时光湮没，无处寻觅。人生聚散不定，今朝执手相看，明日也许就泛舟江水，行车古道。有些离散，或许相逢可待；有些告别，竟成永诀。每个人都是彼此的匆匆过客，有些短如春花，久长些的，也不过是多了几程山水。最后的结局，终只是南北东西。

千古送别，从长亭起。长亭建于秦汉，乡村驿站每十里设一长亭，五里一短亭，专给驿传信使提供馆舍、供养。汉高祖刘邦曾为沛县泗水亭长，后响应陈胜、吴广起义，称沛公。进驻霸上，秦王子婴投降，秦朝灭亡。楚汉战争，刘邦击败西楚霸王项羽后，统一天下，建立汉朝。

长亭渐渐成为古人郊游休憩之地，更成为相送别离之所。“客情今古道，秋梦短长亭。”那植满了杨柳的依依古道，因离情别绪，更加曲折迂回。聚散因缘起，离合总关情。看似给人歇脚的长亭，在芳草连天的幽深古道，不知惊扰了多少客梦离愁。王勃有诗吟：“与君离别意，同是宦游人。海内存知己，天涯若比邻。”倘若真可如此洒脱，就没有秋水望穿、高楼望断的悲苦与无奈了。

我所居住的乡村，亦设有长亭、短亭。亭子极为简陋古朴，用树木搭建而成，有些盖着黛瓦，有些则用茅草遮顶。乡间的长亭，没有文人诗客折柳送别的风雅，亦没有对酒赋诗的别意。长亭只为了给打柴的樵夫，过路的行人，一个遮风挡雨之所。亦有慈母，于长亭送别天涯游子，不折垂柳，却被泪水打湿衣襟。

长亭折柳，似乎已成为一种送别的时尚。《西厢记》里有一出长亭送别。张生进京，十里长亭，摆下宴席。“碧云天，黄花地，西风紧，北雁南飞。晓来谁染霜林醉？总是离人泪。”“遥望见十里长亭，减了玉肌：此恨谁知？”轻描淡写的几笔，竟比一幅水墨画更为生动。那个离别的秋天，从此被写进戏文里，落在每个离人的心间。

李白有一首《菩萨蛮》写道：“玉阶空伫立，宿鸟归飞急。何处是归程，长亭更短亭。”其实长亭短亭，不过是人生的旅途中，一个暂将身寄的驿站。关山万里，不知要路过多少长亭，方能寻到最终的归宿。每次停留，都会邂逅不同的风景，留下不同的故事。那些来往的过客，多如繁星，但总有那么一个，是你刻骨铭心、此生不忘的人。

“寒蝉凄切，对长亭晚，骤雨初歇。”柳永的长亭送别，在冷落清秋时节，更叫人伤心断肠。饯别的酒宴，让人畅饮无绪，正依依难舍之时，那水畔已是兰舟催发。此去经年，千里烟波，纵遇了良辰美景，亦如同虚设。纵算有千种风情，又该同谁人去诉说？

“正岸柳、衰不堪攀，忍持赠故人，送秋行色。岁晚来时，暗香乱、石桥南北。又长亭暮雪，点点泪痕，总成相忆。”吴文英的词句，总有遣散不去的离愁别意。他一生未第，游幕终身，于苏、杭、越之地居留最多。游踪所至，皆有题咏，只因天涯羁旅，他的词多是垂柳行舟、长亭晚照、客梦窗前、芭蕉夜雨。“何处合成愁，离人心上秋”，则是他对萧瑟秋日愁绪满怀的悲情写照。

“绿杨芳草长亭路，年少抛人容易去。”杨柳芳草，长亭古道，都是送离的场景。少年壮志，总难免抛人而远去他乡，却留下无尽的相思，给闺中绣妇。此番离去，不知归期，他日相逢之时，或许已然红颜老去。多情莫若无情，偏生将一寸芳心，化作千丝万缕的相思，寒来暑往，春去秋来，没有尽头。

“长亭送客兼迎雨，费尽春条赠别离。”诗为欧阳修长亭送客，折柳赠别。“壮岁惊心频客路，故乡回首几长亭。”此为吴承恩人生客路，回首长亭。“那似宦游时，折尽长亭柳。”长亭古道的垂柳，就这样被诗人词客折尽。他们将所有的情意，寄寓在一枝柳条上，愿远行的人，将它带去天涯。万语千言的表达，抵不过一枝细柳的风姿。

后来许多深宅大院、园林府邸，都修建了亭台池榭。那些石亭、木亭、竹亭，则是主人纳凉摆宴之地。他们时常约上三五好友，或与妻妾歌伎，饮酒赏月，抚琴品茗。汤显祖“临川四梦”里的《牡丹亭》，名称来源是故事主角杜丽娘庭院中的一处凉亭。她游园赏春之时，遇着了那位执柳的书生，与他在牡丹亭畔、芍药花前结下今世情缘。

“游人不管春将老，来往亭前踏落花。”落红满地，已是暮春，红日西斜时，那来往的行人，依旧在亭前徘徊，不舍归去。“常记溪亭日暮，沉醉不知归路。”而著名女词人李清照，则时常回忆起在日暮的溪水亭边，薄醉不记得回家的路。她总要玩至尽兴，方肯在夜幕下，划舟归去，与风同行。

“长亭外，古道边，芳草碧连天……”不知是谁，在这黄昏日落时，唱起了送别的歌曲。岂不知，那场离亭别宴，早已在如水的时光中悄然散去。当年难舍难分的故人，也归于天地，不见踪影。站在人生悠悠古道，多少长亭被淹没在历史的风尘中，唯留几树依依杨柳，与千古逝去的繁华，淡淡挥别。

第六卷

一树菩提一烟霞

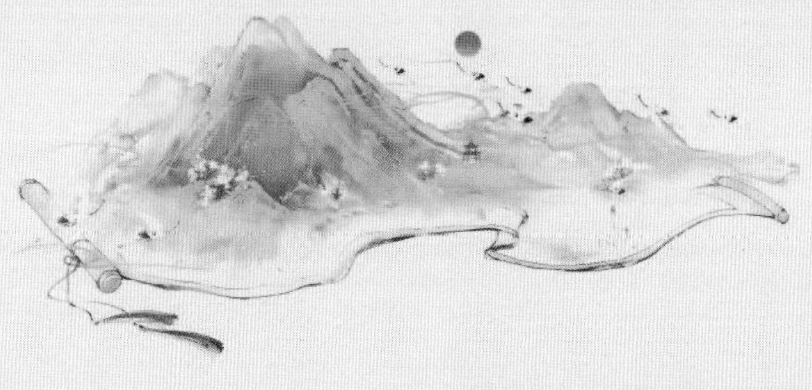

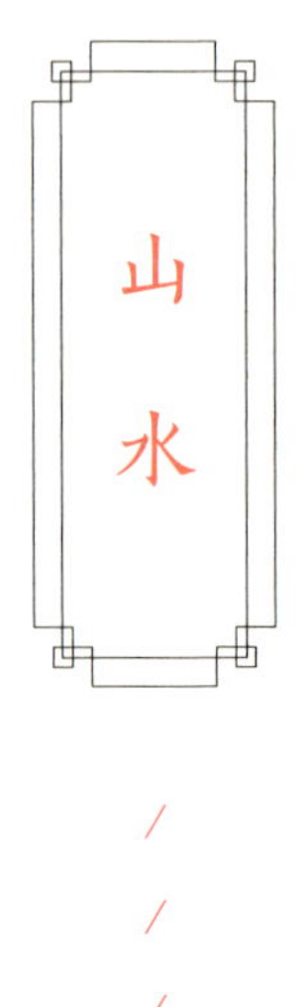

/
/
/

晚风惊绿，细雨敲窗。夜色中的太湖一片烟水迷离，鸿雁归巢，渔舟倚岸。不知道还有多少人，为了远方的风景，在风雨中转蓬。人生一世，若白驹过隙，转瞬而已。与其整日感叹光阴易逝，聚散无常，不如将自己放逐山水，与大自然共话情长。

夜读庄子，短短几字，如秋水长天，让心释然。“天地有大美而不言，四时有明法而不议，万物有成理而不说。圣人者，原天地之美而达万物之理。”这浩瀚红尘，不能安放一颗洁净的心，唯有广阔天地，方可收留一片深情。正是天地辽阔，庄周才能幻化为蝶，穿越千山万水，逍遥于茫茫世间。

爱山水者，必有旷达明净、悲悯良善的胸怀。否则，如何能够容纳天地万物的起落浮沉，人间四季的盛衰荣枯？与山水相知的人，多为隐者高士，他们不愿为名利所缚，选择遁迹人海，退居田园。有些是为世所不容，心意阑珊，愿纵身云海烟波，找寻归宿。有些则天性爱好天然，不肯逐流随波，甘愿隐姓埋名，和山水为邻。

《墨子·明鬼下》曰："古之今之为鬼，非他也，有天鬼，亦有山水鬼神者，亦有人死而为鬼者。"天地山水，皆有魂魄，赋予性灵。草木山石，是永恒的精魂，它们的美，需依靠细腻的情怀去感知。人的烦恼和哀愁，与巍巍青山、滔滔江水相比，竟是渺若尘埃，微不足道。

翻阅两三千年前的《诗经》，只觉青山绿水，尽入诗中。《蒹葭》有吟："蒹葭苍苍，白露为霜。所谓伊人，在水一方。溯洄从之，道阻且长。溯游从之，宛在水中央。"那位清丽的秋水伊人，到底要转过几重弯曲的山路，涉过几道流水，才能觅其踪影，观其容颜。古人借山水草木寄托情感，将相思幻化于无形。虽缥缈恍惚，却空灵曼妙，耐人寻味。

魏晋时竹林七贤，不肯与司马氏合作，为之所不容。故聚集于当时的山阳县竹林之下，饮宴游乐，把酒清谈。那是一段放达快乐的时光，他们在萧萧竹风、泠泠琴音下散淡度岁。日闻鸟啼，夜听松涛，驱车出游，醉饮千盏。尽管最后竹林七贤被瓦解，但那段肆意酣畅的日子，令后世神往。

再有谢灵运，为山水诗派的第一人。他性放达，好天然，在朝不得志，后回归会稽东土隐居，寄情于山水。《宋书・谢灵运传》载："出为永嘉太守。郡有名山水，灵运素所爱好。出守既不得志，遂肆意游遨，遍历诸县，动逾旬朔。"

"柏梁冠南山，桂宫耀北泉。晨风拂幨幌，朝日照闺轩。美人卧屏席，怀兰秀瑶璠。皎洁秋松气，淑德春景暄。"谢灵运的山水诗，清新自然，恬淡有味，一改魏晋晦涩的玄言诗风。自然山水让他消去尘劳，忘记政治烦忧。他的诗文、书法、画作，被山水草木浸润得那般疏朗、质朴、纯净、超然。

陶渊明，则为中国第一位田园诗人，被称作千古隐逸之宗。他也曾怀着大济苍生之愿，入了仕途。但终不肯为五斗米折腰，方醒悟过去种种，是误落尘网。他辞去彭泽县令，归隐南山，过着躬耕自资的生活。作《归去来兮辞》，以示他不肯流俗的决心。

“少无适俗韵，性本爱丘山。误落尘网中，一去三十年。羁鸟恋旧林，池鱼思故渊。”他本爱丘山，闲隐田园的生活，让他的心灵找到了归属。陶潜的诗作，自然而宁静，有一种绚丽之后的平淡，看似寻常，却韵味无穷。

“结庐在人境，而无车马喧。问君何能尔？心远地自偏。采菊东篱下，悠然见南山。”在那远离浮世，没有车马喧嚣之境，陶渊明结庐而居。东篱下，只见他身影飘逸，采一束菊花，悠然忘我。淡淡菊香，在日暮清风下，醉人心魄。这就是世人梦寐以求的桃源生活，又有多少人可以如他这般放下繁华，返归自然，安贫乐道。

后有山水田园诗人王维和孟浩然，一生穷极山水，过着半隐半仕的生活。王维诗风清淡，流动空灵。孟浩然格调质朴，自然清远。苏轼曾说：“味摩诘之诗，诗中有画；观摩诘之画，画中有诗。”王维将诗融于画境，借山水传达世情。诗画的灵魂交集一起，意趣悠远，神韵脱俗。

“中岁颇好道，晚家南山陲。兴来每独往，胜事空自知。行到水穷处，坐看云起时。偶然值林叟，谈笑无还期。”王维信佛，诗中不说禅语，已含禅意。人生幻灭无常，唯有山水寂静空灵，不言悲喜，淡看荣枯。

“落景余清辉，轻桡弄溪渚。澄明爱水物，临泛何容与。白首垂钓翁，新妆浣纱女。相看似相识，脉脉不得语。”孟浩然的诗不事雕饰，含自然清趣。虽不及王维诗中浪漫空灵的画卷，淡远清空却不减陶潜，不输摩诘。

而一生仗剑飘荡的李白，亦是遍游天下名山胜水，写下许多赞美山河的壮丽诗篇。他才情超绝，气宇轩昂，笔下的山水丘壑洒脱大气，灵动飞扬。“阳春召我以烟景，大块假我以文章。”他大笔横扫，泼墨如风，巍然青山、浩荡江河瞬间有了流动的风采。“君不见黄河之水天上来，奔流到海不复回。”他用胸中豪气，赋予山水自然崇高的美感。

还有一位旷达豪迈的词人，崇尚自然，将天地万物付诸笔端。其文汪洋恣肆，若行云流水。一首描写西湖的诗作《饮湖上初晴后雨》，古今已无人超越。“水光潋滟晴方好，山色空蒙雨亦奇。欲把西湖比西子，浓妆淡抹总相宜。”

古往今来，多少游人诗客，沉醉于西湖的山魂水魄。明人汪珂玉《西子湖拾翠余谈》曾有一段评说西湖的妙句：“西湖之胜，晴湖不如雨湖，雨湖不如月湖，月湖不如雪湖……能真正领山水之绝者，尘世有几人哉！”西湖的山水，成了世人梦里追忆的江南。那几座山峦，一湖净水，收藏了太多动人的故事、美丽的诺言。

“生于西泠，死于西泠，埋骨于西泠，庶不负我苏小小山水之癖。”一代才女苏小小长眠于此，西湖的山水抚慰她一生的情怀与依恋。而隐居孤山的林和靖，亦是一生与山水做知己，娶梅为妻，认鹤作子。

聚集于扬州瘦西湖的扬州八怪，也是借着那一湖瘦水、半片青山，滋养性灵，绘画吟诗，极尽风骨。春秋时期的范蠡，功成身退后，携西施隐居山野，泛舟五湖。唐人杜牧，亦远上寒山，于白云生处寻访人家，停车于枫林，醉倒在红叶堆里。

“千山鸟飞绝，万径人踪灭。孤舟蓑笠翁，独钓寒江雪。”如今再读柳宗元的这首《江雪》，似有一种过尽千山暮雪，将风景看透的释然与沉静。我们都只是散落在天地间的微尘，想要停留于某阕山水，却无法止步。

且当作修行，来世再沿着山水的足迹，找到今生的自己。也许此生所遇之人，所经之事，都烟消云散，不复存在。但那山，那水，依旧相看不厌，情深意长。

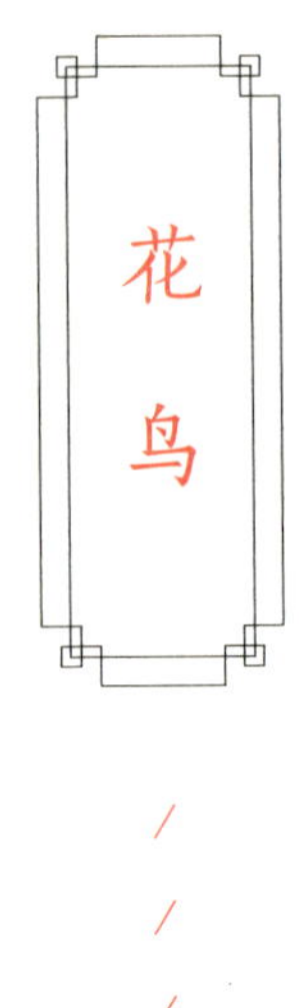

下了一夜的雨，晨起时窗台的花木明净如洗，仿若重生。有几只五彩的鸟儿栖在院墙上，停留片刻，又不知落入谁的屋檐下。微风中，茉莉的芬芳沁人心骨。只见旧年心爱的两盆茉莉，已悄然绽放。翠绿的叶，洁白的朵，花瓣含露，风情万种，爱不释手。

茉莉的幽香，与蜡梅有几分相似，却少了一丝冷傲，多了几许柔情。她含蓄、淡雅、宁静，不和百花争放，只与莲荷共舞。摘几朵，泡在杯盏中，清雅宜人，不饮即醉。采一朵洁白，别在发髻，秀丽姿容更添几许优雅。

乡村曾有一种风俗，凡是白色的花，皆不宜佩戴衣襟或簪于发髻。唯独茉莉，零星地缀于发箍间，穿在手腕上，随意佩戴于身，有一种疏落、清淡的美丽。还记得那年在老上海的里弄，从一个干净的老太太那里买了几串茉莉，那芬芳弥漫了整条街巷，直至蔓延到整座上海滩。

雨后清凉，这时候宜居雅室，赏花品茗，听鸟观鱼。我之居所，案几上瓶花不绝，茶韵悠悠。想起往日读《浮生六记》之《闲情记趣》篇，作者沈三白亦是如此爱花心肠。“夏月荷花初开时，晚含而晓放。芸用小纱囊撮茶叶少许，置花心，明早取出，烹天泉水泡之，香韵尤绝。”

而我，蓄了半月初荷瓣上的清露，好容易得了一小青花坛子。怕煎老了茶水，取晒干的松针点火。想好好地珍爱自己，用素日里舍不得用的那把宋时小壶，煮上古树陈年普洱。一盏香茗，几卷竹风，就这么静下来。忘了阴晴冷暖的世事，忘了渐行渐远的光阴。

世间对花木、虫鸟钟情之人，又何曾只是我。屈原爱兰，爱其幽香韵致，几瓣素心。陶潜爱菊，为其隐居东篱，耕耘山地，种植庭院。周敦颐爱莲，爱她亭亭姿态，飘逸气质，每至盛夏，漫步池畔赏之。林逋爱梅，为其独隐孤山，种下万树梅花，与鹤相伴，临泉终老。

到后来，便生出此番说法。先秦之人爱香草，晋人爱菊，唐人爱牡丹，宋人则爱梅。花草与一个王朝的命运相关，亦和一个时代的风气相关，更与一个人的性情相关。花本无贵贱雅俗之分，世人的情怀与心境，给它们赋予了不同的气度和风骨。有人爱那长于盛世、艳冠群芳的牡丹，亦有人爱那落于墙角、孤芳自赏的野花。

清代张潮《幽梦影》亦曾写道："天下有一人知己，可以不恨。不独人也，物亦有之。如菊以渊明为知己，梅以和靖为知己，竹以子猷为知己，莲以濂溪为知己，桃以避秦人为知己，杏以董奉为知己，石以米颠为知己，荔枝以太真为知己，茶以卢仝、陆羽为知己，香草以灵均为知己……一与之订，千秋不移。"

古人云：花在树则生，离枝则死；鸟在林则乐，离群则悲。大凡爱花木之人，皆与珍禽鸟兽为友。陶潜有诗吟："孟夏草木长，绕屋树扶疏。众鸟欣有托，吾亦爱吾庐。"为群鸟有所归宿，他特意种树成林。陶潜之居处，远离车马喧嚣，每日花影不离，鸟声不断。闲时，或于院内栽花喂鸟，或去山林寻访慧远大师，与他讲经说禅。

白居易一生风流倜傥，爱诗文美酒，爱歌伎佳人，亦爱花木鸟兽。他写过许多爱鸟诗，有一首至为深情：“谁道群生性命微，一般骨肉一般皮。劝君莫打枝头鸟，子在巢中望母归。”他对鸟如此慈悲，对人更是长情。

他年老多病之时，怕负累佳人，决意卖马放伎。往日最爱饮酒聚宴的他，此刻客散筵空，独掩重门。“两枝杨柳小楼中，袅袅多年伴醉翁。明日放归归去后，世间应不要春风。”最后善歌的樊素和善舞的小蛮，还是离他而去。至此，白乐天自称醉吟先生，漫游于山丘、泉林、古刹，与花鸟双双终老。

山水诗人王维，爱诗亦爱画。他画山水林泉，咏花鸟绝句。“春去花还在，人来鸟不惊。”“月出惊山鸟，时鸣春涧中。”王维的诗，总是多一分空灵，几许清新。林黛玉偏爱王维的诗，让香菱读一卷《王摩诘全集》，再读一二百杜甫和李白，便有了作诗的底蕴。王维的诗如雨后空山，清新自然，含花木性情，蕴虫鸟灵思，其意境远胜于那些济世匡时的诗作。

赏花听鸟，为闲情，亦作雅趣。一个人陷入红尘太深，走失迷途，有时只要一株草木，一只青鸟，便足以浸洗灵魂，超然于世。唐诗中，我甚爱两首与鸟相关的绝句。“众鸟高飞尽，孤云独去闲。相看两不厌，只有敬亭山。”此为李白的《独坐敬亭山》。“千山鸟飞绝，万径人踪灭。孤舟蓑笠翁，独钓寒江雪。”此为柳宗元的《江雪》。

诗中空灵意境，不可言说，那种万物沉寂的孤独，给纷繁内心带来美丽和清宁。真正能够过滤心情、寄怀养性的，则是大自然的草木。一朵晨晓雨中的茉莉，一声窗外竹林的鸟鸣，一炉袅袅烟火，一盏悠悠香茗，可令你从尘网脱颖而出，幡然醒彻。周作人说：“得半日之闲，可抵十年的尘梦。”则是在茶水草木中，寻得意趣，消解愁烦。

自唐以来，玩鸟已成风尚。而清乾隆年间，则抵达极盛。八旗子弟几时丢了飞扬跋扈的豪情，抛下战马，忘记刀剑，沉湎于富贵温柔中。提笼架鸟、把玩古玉、喝茶听戏，就这样软化了雄心，断送了江山。落日下的紫禁城，已是一座空城，寂寞得只看见时光的影子。可见世间万事万物，不可沉迷太深，只能清淡相持。花鸟本为风雅怡情之物，经不起烟火相摧，否则适得其反。

“青鸟不传云外信，丁香空结雨中愁。”古人认为青鸟可传递音讯，那些独守空闺的思妇佳人，不见青鸟，总觉花落无主，闲情无寄。还有一种鸟，叫杜鹃。相传望帝杜宇死后化身杜鹃鸟，日夜啼叫，催春降福。春末夏初，杜鹃鸟会彻夜不停地啼鸣，哀怨凄凉之音，惹人情思。因杜鹃口舌皆为红色，故有了杜鹃啼血的传说。世人以青鸟、杜鹃传情，诉说衷肠，聊寄相思。

红尘一梦，云飞涛走。如何在浮世风烟中清醒自居，于车水马龙中从容自若，于五味杂陈里纯净似水，一切缘于个人心性与修为。有些爱，不宜浓烈，只宜清淡。

“触目横斜千万朵，赏心只有两三枝。”世间百媚千红，真正赏心悦目的，只有三两枝。乱世之中，也可诗意栖居，怀花木性灵，存鸟兽悲心，于坚定中守住这份柔软。任凭风流云散，亦可平和静美，自在安宁。

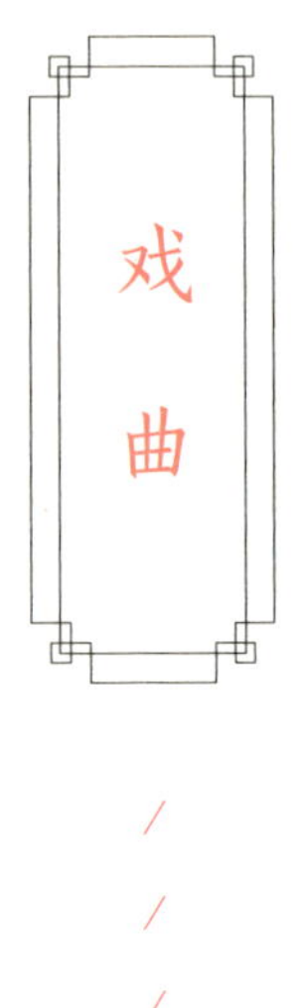

戏曲

“金粉未消亡，闻得六朝香，满天涯烟草断人肠。怕催花信紧，风风雨雨，误了春光。”听着昆曲《桃花扇》里的戏文，感受那末世王朝的繁华与荒凉，竟是肝肠寸断，泪流满面。历史的风吹散了六朝的金粉，那座皇城最后的一点霸气，竟被温柔占据，输给了一朵娇弱明艳的桃花。

她叫李香君，生于明末，秦淮女子。那日她在秦楼画舫，低眉浅笑，暗自妖娆。轻唱：“侯郎一去无音讯，花径风霜渐凋零。我为他洗脂粉，我为他抛罗裙，不理琴弦歇喉唇，终朝每日深闭门。几时回到江南岸，你我好梦再重温。”到底还是原谅了易逝的光阴，尽管它让一个女子等到枯萎无望，却因了她的痴绝，而荡气回肠。

本是一把寻常的折扇，染上美人的血，被画作点点桃花，便有了风骨，成了传奇。李自成攻破北京城，明崇祯皇帝来不及赏罢最后一支歌舞，就吊死在一棵树上。侯方域这个软弱男子，为避迫害，将海誓山盟的女子抛在兵荒马乱之地，独自奔逃。美女的血，在时光中慢慢淡去，她深沉的爱，却如桃花，开到难舍难收。

人生是一座大舞台，每个人都是一出折子戏，扮演着生、旦、净、丑不同的角色。在自己的故事里，演绎着别人的离合悲喜。习惯了当一个戏子，时间久了，时常把假作了真，把真当成了假。那花团锦簇的场景，锣鼓喧天的气势，遮掩不住戏子内心的悲戚。因为化上了妆容，唱词里，有太多的身不由己。

在两千年前的诗经时代，已有风雅端庄、华靡绮丽之音。春秋战国到汉代，歌舞之风渐盛。而大唐清平盛世，诗歌音律更为精妙，诸多的教坊梨园兴起，戏剧艺术呈现出它高贵的温柔。

宋元之时，戏曲慢慢舍弃了苍凉的北土，在明媚的南国，滋长空灵缥缈的戏剧之风。宋元南戏、元杂剧，则成了一个时代的经典。

“红翠斗为长袖舞，香檀拍过惊鸿翥。”那是一段终日轻歌曼舞、拍按香檀的岁月。

明清为戏曲繁荣时期，传奇戏曲家和剧本灿若繁星。“但是相思莫相负，牡丹亭上三生路。”“可怜一曲长生殿，断送功名到白头。”说的则是那个时代，戏剧的风华摇曳。

昆曲带着与生俱来的风雅，宛若一朵兰草，生长在山温水软的南国，有着民族雅乐和盛世元音的美誉。六百年的历史浮沉，不改其逶迤风采。之后的徽剧、京剧、豫剧、越剧、黄梅戏、评剧，成为历史长廊里，一道道顾盼悠悠的风景。它们从这个场地，转到那个戏台，一代代伶人，将一出出相同的戏，舞出百态千姿，无穷韵味。

渺渺红尘，悠悠千载，从皇族官僚、文人雅客之戏剧风气，蔓延到市井民间，戏曲已成风尚。自古为戏曲痴迷欲醉之人，数不胜数。世间百态被戏曲家写入戏中，再由戏子传神的演技和唱腔，搬至舞台，让无数失意落寞的灵魂，在戏文中寻到温存和感动。他们时常会误以为自己就是戏里的主角，有过美丽的相逢和相离。

儿时乡村，每年都有社戏。逢年过节，或庙会，或节令，或祭祀，或婚丧嫁娶，皆会请戏班子来村里演出。每个村庄都设有一个戏台，两扇门上写着出将入相。不算华丽的戏台，甚为暗淡的灯影，却可以营造出美丽的假象。那些民间艺人、戏曲演员，以其精湛的技艺、圆润的唱腔，在空旷的舞台上驭马行舟，演绎一出出生离死别。

无花木而见春色，无落红而见寒秋，无丛林而见青山，无波涛而见江河。这就是戏曲的魅力，亦为戏曲演员的魅力，他们在锣鼓声中，优雅从容地舞着水袖，极尽抒情地演绎着悲欢。那种浩荡辽阔的气场，浑然天成的性情，散着油彩的气息，在风中荡漾，熏醉台下的看客。

后来走进了戏院，在明亮的灯光下，只觉每一个戏曲演员的姿态，都似照影惊鸿。几出经典的折子戏，令内心波涛汹涌，无法平静。有美人名虞，常幸从；骏马名骓，常骑之。一出《霸王别姬》，看罢心碎断肠。他唱：“力拔山兮气盖世，时不利兮骓不逝。骓不逝兮可奈何，虞兮虞兮奈若何！”她唱：“汉兵已略地，四方楚歌声。大王意气尽，贱妾何聊生。”

西楚霸王英雄末路，美人虞姬自刎殉情。这编排好的命运，刻着不可改写的悲情。虞姬和项羽感天动地的爱恋，成为中国古典爱情最经典，亦最震撼人心的传奇。一场惊天动地的历史风云，与悲壮的爱情相比，竟那般微不足道。倘若没有虞姬的殉情，楚霸王之死，又如何能演绎一段凄美的浪漫？

“想当初，在峨眉，一经孤守。伴青灯，叩古磬，千年苦修。久向往，人世间，繁花锦绣。弃黄冠，携青妹，佩剑云游。按云头，现长堤，烟桃雨柳。清明节，我二人，来到杭州。览不尽西湖景色秀，春情荡漾在心头。”这是秦腔里的《断桥》。马友仙将这出折子戏唱得哀婉缠绵，如泣如诉，台下拭泪的看客，只怕早已忘记那传说中的沧桑与凄凉。

“树上的鸟儿成双对，绿水青山带笑颜。从今不再受那奴役苦，夫妻双双把家还。寒窑虽破能避风雨，夫妻恩爱苦也甜。随手摘下花一朵，我与娘子戴发间。你种田来我织布，我挑水来你浇园，你我好比鸳鸯鸟，比翼双飞在人间。”黄梅戏里《天仙配》的选段，董永和七仙女频频相看，恩爱情深，令多少人在山穷水尽时，对爱情重新有了美好的向往。

都说戏曲演员无情，化上浓墨重彩，假装用自己的泪痕，扮演别人的酸辛。却不知，无论他在舞台上多么努力，到头来，依旧是为别人作嫁衣。世相纷呈，从古至今，来来去去，谁又说得清到底哪里是戏，哪里是真。

也许我们都是梨园里的伶人，你装扮我，我装扮你，从开场到落幕，由前世到今生。如果我真是青衣，绝不让自己成为别人摆弄的棋。只期待找一座沧桑入骨的戏台，以花开的姿态，梦里的情怀，唱一出优雅而老去的戏。

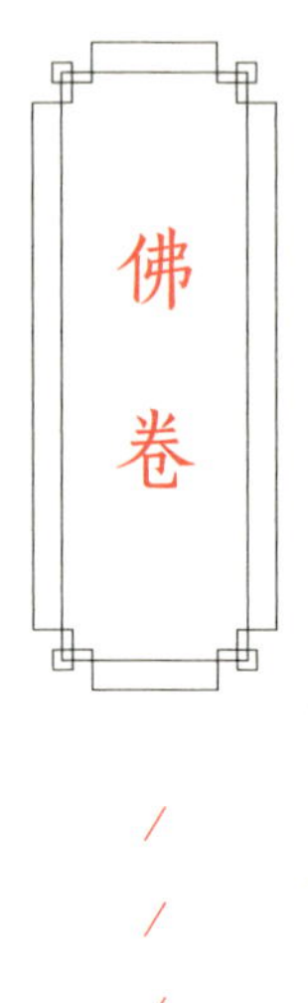

/
/
/

初夏时令，清凉多雨。近日来闲居雅室，喝春茶，写佛经，心里澄明，烦恼消减。方肯信了那句话，修行未必要居山林古刹，听禅也未必要寻僧访道。车马红尘，烟火深处，亦是菩提道场，亦可证悟超然。佛陀在一切世人所在之地，讲经说法，普度众生。

三千世界，一切众生皆如微尘，无所从来，无所从去。世间所有虚妄、怨念，皆因我执而起，放下我执，即可明心见性。那条通往灵山的路，并不遥远，无须水滴石穿，有时一个刹那，一个转身，即见如来。

种荷养莲，是为了于荏苒岁月，多一份平和。相信，与禅佛相关的事物，皆有灵性，皆可度我。而我前世，定然是放生池中的一朵青莲。虽坐井观天，不能如大千世界的一粒粉尘那般自在来往，却心存善念，无多欲求。深知熙攘凡尘，海市蜃楼，多是幻象，不过迷人双目，扰人心性。

山河踏遍，只觉人生如梦，寻一安稳之所，恬淡度日，方为福报。尝尽五味，亦觉淡饭粗茶、简布素衣，才是洁净。轩窗之外的风景，看似波澜不惊，却暗藏汹涌。我喜欢简单的事、质朴的人，太过烦琐之事，总让我无法把持，心生惶恐。时光本该无惊，那些与自己无法相容的人，可以不再往来，安然到老。

翻看珍藏多年的《金刚经》，卷册古老泛黄，檀香的味道年深日久，不曾淡去。铺纸研墨，用蝇头小楷，抄写几页佛经，甚觉清宁。“如来说诸心皆为非心，是名为心。所以者何？须菩提！过去心不可得，现在心不可得，未来心不可得。”

佛说，万物皆在修行。写字亦是一种修行，我本随性之人，不喜拘泥，人生匆匆三十载，仍无所作为。撰写的小楷，不见笔锋，亦无风骨，不够娟秀圆润，只算朴素简净。抄写佛经，并无多少讲究，只要心怀慈悲，自在天然。每个字，每行文，皆有佛性。或送人，结善缘；或收藏，求果报。

佛法无边，只一卷经书，一句偈语，便可度世间一切迷梦之人。何为佛陀？“知过去、未来、现在，众生、非众生数，有常、无常等一切诸法，菩提树下了了觉知，故名佛陀。”何为佛地？经卷云：“具一切智、一切种智，离烦恼障及所知障，于一切法、一切种相，能自开觉，亦能开觉一切有情，如睡梦觉、如莲花开，故名为佛地。”

佛只静坐菩提树下，便豁然开悟，知晓过去未来。他拈花一笑，万物为之成尘。存慧根者，来世化生莲花，绽放于七宝池上。资质愚钝者，则轮回世海，再历尘劫，感知自然，方能证悟。佛本无分别心，只是人欲念太多，自身修为尚浅，不信因果，执意名利，纵是长跪于蒲团，日夜香火以供，所求之事，终难遂愿。

其实佛亦曾历尽百难千劫，几番红尘游历，走过情海波涛，方远离浩荡风云，端然出世。《华严经》说：“一切法无生，一切法无灭。若能如是解，诸佛常现前。”这是佛的境界，看似朴素的禅心，蕴含深刻的玄机。倘若人生不曾经历几段故事，演绎几场离合，看过几次花开、几度月圆，又如何懂得生死即涅槃，随缘即安宁。

《六祖坛经》云："一切众生皆有二身，谓色身法身也。色身无常，有生有灭。法身有常，无知无觉。"平凡的你我，于凡世中往来，如何能够似莲花，铅华洗净，不染纤尘？其实人间生灭之事，实属寻常，有情无情，幻灭浮沉，皆有定数。不经沧海，如何见得桑田？不修今生，如何会有来世？

有人走不出名利官场，有人渡不过情关。红尘万象，虽为梦幻泡影，如露如电，众生沉浸里面，依旧眷眷难舍。都知禅是妙药灵丹，可治愈浮世伤痕，但参禅亦要机缘。禅在人生风景中，在淡然岁月里。平常心人人皆有，要做到不生不灭，不垢不净，不增不减，又谈何容易？

苏轼有词云："长恨此身非我有，何时忘却营营。"此为名利之劫。豁达明朗的苏轼，一生山水踏遍，美人相伴，遨游仙宇，结友高僧，终难忘世间营营。他的文字造诣已抵达行云流水之境界，修佛之路，仍有一步之遥，不得超脱。来生转世，他必是莲池里风姿最佳的一朵，再不为尘寰熙攘而惆怅彷徨。

“问世间、情是何物，直教生死相许。”人间最难消受的，是情爱。三生石上，刻着每个人的三世情缘。你欠下的债，哪怕物换星移，终要偿还。你缘定的人，哪怕山穷水尽，终会相逢。纵是得道高僧、修行罗汉，断了无明烦恼，参透生死玄关，亦还有忘不了的情债。

“拚取一生肠断，消他几度回眸。”佛说，前世五百次的回眸，才换得今生的一次擦肩。我们无可奈何地辗转于六道轮回，去来往复，周而复始。同万物一起修行，不知何日才能跳出三界，有性灵。那时，聚散得失，缘生缘灭，只作寻常。

佛无情，端坐莲台，心如止水。佛有情，随缘教化度众。虽说世间山河一律平等，但佛所度者，亦为有缘之人，可度之人。佛槛之内，无尊卑、贵贱之分，修佛之人，要有一颗明净无尘的禅心。在云海无边的经卷里，我们是那永不言倦的摆渡人，无须归岸，自在是佛。

佛说，人生在世如身处荆棘之中，心不动，人不妄动，不动则不伤；如心动，则人妄动，伤其身，痛其骨，于是体会到世间诸般痛苦。这句禅语，抄写过千百回，每一次，都有不同的感知。如此执着，并不是修佛的本意。佛的境界是云在青天，水自东流。

倘若将一切生死、善恶、苦乐当作幻象，用自己的影子去体验，真身则可毫发无伤。禅定的心，当是如此，不被质疑，不问深浅。让影子和清澈的灵魂对话，忘记尘世所经历的苦难，纵有轮回，亦不畏惧，亦美丽。

是了，且这般淡定心弦，坐禅修心。佛缘到了，自会出离红尘。那条路也许很远，等到人生迟暮；也许很近，只在顷刻之间。倘若此生终不能抵达，就留在这婆娑世间，做个闲人，看如露光阴，与万物一同化尘。若有来生，相约莲花台上，再续佛缘。

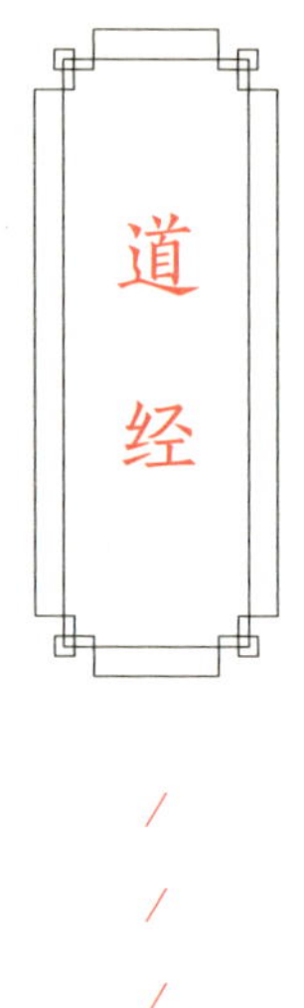

/
/
/

夜读《南华经》，伴随悠然回转的古琴曲，只觉意境缥缈，空旷深远。琴声如泣，每一弦，都似从心底划过，清澈含蓄，冷艳多情。而我竟不知自己是落入经书，随了境界，还是沉浸琴声，相对忘言。一如庄周当年，不知是他梦中化蝶，还是蝶化庄周。每个人都是一本经书，只待有缘人来解读。

那日听戏，史湘云说戏子与黛玉长得相似，本是无心，却恼了黛玉。宝玉从中说和，被她们数落了一番，自觉无趣。回到怡红院，想起前日所读的《南华经》，上有“巧者劳而智者忧，无能者无所求，饱食而遨游，泛若不系之舟”，又曰“山木自寇，源泉自盗”等语。

只因白日宝钗点了一出戏，戏文里有一首《寄生草》。“赤条条来去无牵挂。那里讨烟蓑雨笠卷单行？一任俺芒鞋破钵随缘化！”宝玉本就怀出离之心，此刻愈发了悟，随后立占一偈云：“你证我证，心证意证。是无有证，斯可云证。无可云证，是立足境。”

写毕，又恐人看此不解，亦填了一支《寄生草》。“无我原非你，从他不解伊。肆行无碍凭来去。茫茫着甚悲愁喜，纷纷说甚亲疏密。从前碌碌却因何，到如今回头试想真无趣！”后来黛玉看到，在他的偈语里续写两句：“无立足境，是方干净。”宝玉内心深处有着佛家万境皆空和道家任意自然的情结，在没落俗世彷徨的他，最终选择断缘。

道教是中国唯一土生土长的宗教，起源于春秋时期，创立于汉朝。道教海纳百川，包罗万象，融入医学、巫术、数理、文学、天文、地理、阴阳五行等学问。道教讲求度世救人、长生成仙，奉老子为教祖和最高仙神。

春秋时期，百家争鸣，是一个文化的盛世。这段时期，百花齐放，各自郁馥，无论是儒家还是道家，都留与后世太多深邃的文化。直到达摩祖师一苇渡江，经历朝历代，流传最广的儒道思想，与之融合，相互依存。许多人受岁月浸染，历史沉淀，成了亦道、亦儒、亦佛之人。

自然之韵，超脱于文化艺术，而又蕴含其灵性与精髓。一株草木，可以了悟人世的代谢。一抹斜阳，可以读懂垂暮的心情。河山常在，故人已改，混沌于天地间的灵光紫气，亦自寥落无痕。

老子著《道德经》，提出“无为而治”的主张。“天地所以能长且久者，以其不自生，故能长生。”“水善利万物而不争，处众人之所恶，故几于道。”据说，写完《道德经》的老子，骑一头青牛，踏过函谷关如珠的朝露，后不知所终。

道家倡导“天有天道，地有地理，人有人伦，物有物性”之法则。据说老子曾说：“人生天地之间，乃与天地一体也。天地，自然之物也；人生，亦自然之物；人有幼、少、壮、老之变化，犹如天地有春、夏、秋、冬之交替，有何悲乎？生于自然，死于自然，任其自然，则本性不乱；不任自然，奔忙于仁义之间，则本性羁绊。功名存于心，则焦虑之情生；利欲留于心，则烦恼之情增。”

“文景之治”为中国西汉汉文帝、汉景帝统治时期。汉初，社会经济衰弱，朝廷推崇黄老治术，采取“轻徭薄赋”“与民休息”的政策。此番道家思想，于治民上，为最辉煌的一笔。汉武帝时期，“罢黜百家，独尊儒家”，道家受到压制。直至魏晋，谈玄之风兴起，老庄思想，成了道家的正统。

庄周顺应天地万物，遵循真实的内心，在乱世持有独立的人格，追求逍遥不羁的精神自由。庄子不争，他退隐尘世，清修守静，淡看生死，宠辱不惊。他的作品浪漫诗意，文笔如风，恣意流淌，变幻无端。庄子顺从天道，摒弃人为，幻想一种“天地与我并生，万物与我为一”的精神境界。

葛洪将道教神仙方术和儒家纲常名教相融，为上层士族找到了一些长生成仙的修炼理论，亦奠定道教基础。唐代尊老子为祖先，奉道教为国教。唐高祖、唐太宗、唐高宗皆极度推崇道教，规定“道大佛小”。唐玄宗时期，道教最为鼎盛，并编纂了历史上首部道藏《开元道藏》。

道风盛行的唐代，道士和道姑地位极高。身在庙堂，可以过上十分优裕的生活，自由结交天下友朋。著名才女鱼玄机曾出家为道姑，在清幽的咸宜观修行。她在观里品茶悟道，煮酒论诗，当时长安城内，无数文人雅士、风流才子皆去观中拜访，纵情寻欢。

温庭筠有一首词作《女冠子》，描写一位女道士美丽的容颜。“含娇含笑，宿翠残红窈窕。鬓如蝉，寒玉簪秋水，轻纱卷碧烟。雪胸鸾镜里，琪树凤楼前。寄语青娥伴，早求仙。”

北宋承袭了唐朝奉道的风气，宋真宗和宋徽宗曾掀起两次崇道热潮，编修道藏，大建宫观，册封神仙。王重阳创立了全真教，主张儒、释、道三教合一。他认为修道即修心，除情去欲，存思静定，心地清静，即是真的修行。

明朝皇帝对道教亦有所尊崇，明成祖自诩为真武大帝的化身，对张三丰及其武当派极为崇尚。明世宗以道教为信仰，他热衷方术，爱好青词，宠信道士，而道教的兴盛亦随着帝王的钟爱，抵达登峰造极的境界。

清代帝王信奉佛教，乾隆认为道教为汉人的宗教，而奉藏传佛教为国教。之后道教江河日下，失去了过往的不老传说。

直至当下，佛教依旧盛行，禅的境界为红尘中人所向往。但道教文化，亦百折不挠。其实于这俗世，众生所求的是在喧嚣中获得宁静。不为浮华所累，愿同自然修行，若清风白云那般，来去自如，去留无意。武当山、三清山、泰山成为众生络绎朝拜之所，香火鼎盛之地。

道教的自然情怀、玄妙思想、神仙境界，从古至今都为世人所追求。《搜神记》《聊斋志异》等志怪小说与道教相关，唐宋传奇《枕中记》《太平广记》，唐诗、宋词、元曲、明清小说等都蕴含丰富的道教神学。

老子曰："致虚极，守静笃。""见素抱朴，少私寡欲。"众生不得真道，是有妄心。心静则澄，心澄而神自清。这世上唯有灵魂可以不死，自然得以永恒。红尘碌碌，谁又是那唯一的清醒者。道禅原本相通，不过是为了给漂萍人生找一个自由安逸的归宿。

放舟野渡、独钓寒江，或卧醉凡尘、坐禅浮世，皆是修行。悟道并非要在蓬莱仙岛，亦无须素食持斋。崇尚自然，返璞归真，白云溪水，如影相随。

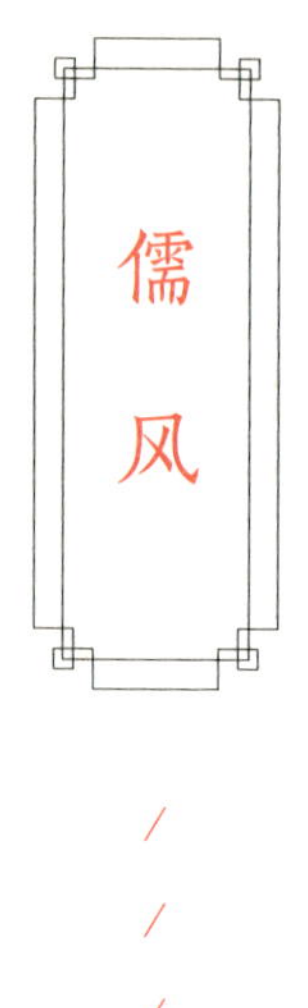

/
/
/

世间风物，流传千载，走过岁月无歇的风雨，零落于大江南北的每个角落。无论是青石铺就的老巷，还是残存河畔的城墙，或是久埋尘泥的甲骨，散落云烟的圣人，都隐藏着古拙的意象。水光山色，花香月影，四时节令，万物生灭，皆无可名状，无可言说，无可执着。

梅令人高，兰令人幽，诗书令人清静，词曲令人风雅。人间万物，皆有其定数与规律，哪怕从一株古树、一块山石间，亦可会得历朝历代的兴衰沉浮。一切风物，皆有可会之境，可觅之思，虽留存于数千年文明中，却未必见文得句。能体会的，就是连绵延续，可谓传统文化主题的儒家思想。

儒学乃中国文化之主脉，是为国人，不可不察。《说文解字》云：“儒，柔也，术士之称。从人，需声。”儒学之起源，史无定论。汉班固《汉书·艺文志》记述：“儒家者流，盖出于司徒之官，助人君顺阴阳明教化者也。游文于六经之中，留意于仁义之际，祖述尧舜，宪章文武，宗师仲尼，以重其言，于道最为高。”

尧、舜、禹、汤、文王、武王、周公等，为儒家所推崇的历代圣人，在纬书中被装扮成与众不同的神。直至到了孔子，集三百篇，定《礼》《乐》，序《周易》，作《春秋》。他与门人的言论，亦被录在《论语》中，此时儒学才算有了真实的开始。

“己欲立而立人，己欲达而达人。”“己所不欲，勿施于人。”翻开墨香流淌的书册，感悟那些饱含哲理，得以修身齐家的语句，令人心存敬仰，静止如莲。正因其高深绝妙，才有了“半部《论语》治天下”的故事。古道上碎草翩跹，尘埃飞扬，那个恓恓遑遑、奔走一生的孔子，至今仍周游于列国之间，为着他的信仰，劳碌奔忙。

孔子之后的另一位大家，即是孟子。孟子继承了儒学的精髓，提出了“性善”之说。孟子以心释仁，断言心仁必性善。恻隐之心，人皆有之，仁也。羞恶之心，人皆有之，义也。恭敬之心，人皆有之，礼也。是非之心，人皆有之，智也。

若非富贵熏心，名利威逼，世人亦不会有太多浮躁和执着。在物欲横流、车马纷呈的时代，如何能于浮华中守住纯净，心存善念，定然需要入世的修为。人心本善，只因受了俗世烟火浸染，而迷离怅惘，在善恶之间徘徊。倘若有花鸟相陪，受山水供养，怀秋水姿态，含诗词情怀，心如玉石，又何来污浊？

性恶说乃荀子理论之支柱。他认为，人性原本就不够美好，若顺应其自然发展，必然造成纷乱争议。他重视自身修养、礼义道德，亦强调政法制度的惩罚。唯有循规蹈矩，各尽其职，方可成为良才。

儒学在风华时期，亦经历了坎坷。秦始皇焚书坑儒，令本已兴盛的儒学，瞬间成灰。一点火苗，焚灭了圣人思想。当时志士仁人，心惶意恐。直到董仲舒提出“罢黜百家，独尊儒术”，又复昌盛。此后，儒家所倡，智信仁勇，忠恕孝悌，恭俭敏慧，礼义从善，莫不遵从，为标榜也。

除了修身，儒家思想有太多的礼教规范，它的衰弱，成了必然。“老吾老，以及人之老；幼吾幼，以及人之幼。”这些本是金石之言，却成了镶嵌于历史城墙上的珠石，随着退去的王朝，被人弃置。

汉末玄学之风盛起，尽管儒学在政治制度上依旧保持它的地位，但思想修养之境界，则被玄学所取代。魏晋名士有一种不流俗，不同于任何时代的言谈举止。饮酒、谈玄、为文、作书，以狂放不羁、率真洒脱而著称，形成中国历史上绝无仅有的魏晋风度。他们向往自然情感流露，飘逸潇洒，却亦迷惘惆怅。

东晋南北朝至隋唐时期，佛教思想又超越了玄学。佛道在修养性情上，远胜过儒学。世人常说："以佛治心，以道治身，以儒治世。"儒学已成为一种传统礼教的形式，像背着一个政治包袱，无法体味大自然灵动曼妙的意趣，更不能飘然出尘，与世无争。

迨至宋明，儒学复兴，史称新儒学。宋明理学之祖师周敦颐，熔铸老子之无极、易传之太极、中庸之诚意、五行之克生、阴阳之调和于一炉，创制了无极而太极之本体论。而程颢、程颐受业于周敦颐，他们的最高哲学范畴是"理"。《二程遗书》写道："万物皆只是一个天理。""天下物皆可以理照，有物必有则，一物须有一理。""一物之理即万物之理。"

朱熹为宋代理学集大成者，继承二程理学，融入北宋思想家张载之气学说，构建了完整独特的朱子学。宋明理学之所以寻回往日的风华，是因了他融合玄学、佛教和道教之精髓。理学强调“天理当然”“自然合理”，与玄学和佛教追求的境界有相合之处。儒学卸下了它以往规范的律条，让世人对其有了新的感知和认可。

记得《三国演义》里有一回，诸葛亮舌战群儒。他说：“儒有君子小人之别。君子之儒，忠君爱国，守正恶邪，务使泽及当时，名留后世。——若夫小人之儒，惟务雕虫，专工翰墨；青春作赋，皓首穷经；笔下虽有千言，胸中实无一策。且如扬雄以文章名世，而屈身事莽，不免投阁而死，此所谓小人之儒也；虽日赋万言，亦何取哉！”

儒有君子，有小人；有旷达，有狭隘；有风雅，亦有晦涩。方寸之间，是小灵台，可载今承古，得云会境。不往青山，亦可得山明之思；不临水岸，亦可得水秀之想。心藏丘壑，红尘有如山林；兴寄烟霞，浮世仿若蓬岛。

一切有情众生，都有其生灭荣枯理则，万物唯有顺应自然，方能永恒持久。人生在世，删繁留简，去伪存真，终不负天地庇佑，山水恩泽。